瞬間／與——永恆

何玉茹 著

「貓空——中國當代文學典藏叢書」出版緣起

當代中國從不欠缺動盪的驚奇故事，卻少有靈魂拷問的創作自由。從禁錮之地到開放花園，透過自由書寫，中國作家直視自我，探索環境的遽變，以金石文字碰撞出琅琅聲響，讓讀者得以深度閱讀中國當代文學的歸向。

秀威資訊自創立以來，一直鼓勵大家「寫自己的故事，唱自己的歌，出版自己的書」，主張「不論任何人、在任何地方、於任何時間」都可以享有沒有恐懼的創作自由，這正是我們要揭櫫的現代生活根本，也是自由寫作的具體實踐。

期待藉此叢書，開拓當代中國文學的視野版圖，吸引更多中國作家投入寫作，讓自由世界以華文書寫的創作，中國作家的精采故事不再缺席。

「貓空——典藏叢書」編輯部

二〇二二年九月

瞬間與永恆

一

這是一座年輕的師範學院。

從它的樹木就能看出來，成排的楊樹啊、槐樹啊、柳樹啊、梧桐啊，以及各色的果樹、冬青樹什麼的，一棵棵光光溜溜、楞頭楞腦的，就像是初涉社會的毛頭小夥，還看不到任何被損傷的痕跡，更沒有歷經滄桑的老樹一般地穩若泰山，有風吹來，腦袋搖啊搖的，身子也隨了晃啊晃的，叫人都有心想上前扶一扶它們了。但有了它們，到底是不一樣的，青澀的氣息繚繞在空氣裡，繚繞在高高低低的建築裡，與其間學生、老師的氣息纏綿、交融，讓學院的分分寸寸都似有了生機勃勃的意味了。

學院的建築倒不出眾，一座四層的灰色教學樓，十幾排青磚紅瓦的教室，教室後面是幾排紅磚、平頂的宿舍，而矗立於教學樓一側的圖書館，就算是學院最高、最矚目的建築了。它比教學樓高出了許多，據說和同類學校比，無論設施，無論藏書，它都是名列前茅的；還據說，建這圖書館是校長親自督陣的，他每天都要到現場去，也不說話，看一看、轉一轉就走。但已足夠讓那負責施工的認真嚴謹起來，因為他知道校長早年是北大畢業，並留校在圖書館待過幾年，北大的圖書館什麼成色？在這樣的校長面前，任何馬虎眼都是打不得的。

校長姓金，一米八幾的個頭兒，走路挺胸抬頭，目不斜視，出現在哪裡，哪裡的人便仰視過去，一派欽慕。卻也有個別不仰視的，見了他反要低下頭去，就像沒看見一樣。那是幾個專心做學問又頗有個性的教師，對權力人物總有本能的疏遠。這時候校長反會哈下腰來，主動跟他們打著招呼，有時還會開一半句的玩笑。逢到那幾個不笑時，看到的人好替校長尷尬，校長卻也不在意，下次見了仍主動打招呼，倒像他們是他的領導似的。愈是這樣，人們對校長的欽慕就愈持續著，一個懂得尊重學問、尊重下屬的領導，到底還是難得的。

校長是沒有課程安排的，偶爾上一次，也是在那個能容納千人的禮堂裡。就看禮堂的窗口、過道，角角落落都擠得滿滿的，校長渾厚的男中音迴盪其間，讓聽課的學生往往會有一種奇妙的夢境感，他們會想，這是在聽課嗎？分明是一種享受啊！

校長講的是文學課，他善於用一個個的故事連結而成，故事講完了，文學、政治、歷史、哲學什麼的也就涵蓋其中了。大家聽了，坐在禮堂裡怔怔的，像是被擊中了，又像是要延續那享受，直到有人帶頭鼓起掌，暴風雨般的掌聲才忽然響了起來。

葉建華第一次聽校長的課，是坐在靠後的位置上。校長的模樣都沒看清，但她卻最後一個離開禮堂。她覺得自個兒的身體沉重而又輕盈，那剛剛被打開的鳥兒一樣飛翔的思緒讓她有一種強烈的幸福感和永恆感。永恆感，她已經很多年沒有過了，無憂無慮的兒童期過去，永遠都是短暫、漂泊的感覺。

她離開禮堂往教室走。到處是年輕又陌生的面孔。沒有一個人知道她的感覺，也沒有一個人可以聽她說說這感覺，即便是同班同學，也還不大熟悉，她只勉強可以叫出人家的名字。她晚入學了兩星期，時間不算太長，但已足以將她和班裡同學疏遠開了。她感覺班裡現在是兩個陣營，一個陣營是已經相熟成一片的全體同學，一個陣營則只她葉建華一個。這感覺讓她好孤單，幸好有了校長的這一課，她就像抓住了一棵救命稻草，將自個兒不由分說地一整個地投入了進去。其實她投入的並不僅是校長的講，更是因校長的講而從未經見過的氛圍，臺上臺下，自由活潑，心領神會，心心相惜，彷彿人人都變成了臺上的校長，幽默而智慧，又彷彿校長變成了學生，年輕而充滿活力……。她想，真好，多麼好啊！

走在年輕學生中間，她才感覺到自己的不年輕。今年她三十二歲，已有皺紋悄悄爬上了眼角。與她差不多年齡的班上還有一些，但二十幾歲的也滿眼都是，他們都「大姐，大姐」地叫她，引得那些和她同齡甚至比她大些的也聲聲叫著「大姐」。這叫法沒拉近她和大家的距離，反讓她和大家在心裡做著另外的對比，她只在報刊上發表過幾篇末題小說，而一些同學早都是《當代》、《十月》一類大型文學刊物的作者了。特別是，有一次有同學問起她晚到的原因，她說館長沒點頭，她一直在等館長的表態。同學問：「你是帶工資上學？」她說沒工資，不過是臨時工。那同學便大笑起來，其他同學也笑，就像她愚蠢得不可理喻。半天她才明白，大家原來在笑她的安分，太安分了，既要安分，又何必搞文學呢？文學是什麼，文學是對自由的渴望，不要說臨時工，就是帶工資的正式工，對自由的選擇也是不言而喻的，連對領導說「不」的勇氣都沒有，還何談文學創作啊！

在大家的笑聲中她的臉紅一陣、白一陣的，讓她更難受的是她自個兒也覺得大家的說法是有道理的。當然，等館長表態是有對他的一份尊重。館長一直很器重她，是他慧眼識人，從郊區農村一下提拔了她。那是個區屬文化館，他派她在文化館辦一張民俗小報，那小報已辦得很有起色。

她的解釋讓大家笑得更厲害了，有同學一針見血地指出說：「問題就在這兒，他提拔了你，就想要控制你，限制你的自由。比起自由，他那點提拔算個屁呀！」

是啊，自由和提拔比，當然自由是重要的，那同學話糙理不糙呢。可他的表情、語氣顯然又是自大、小覷的，像是在說：「你這樣的，註定是要被控制的，不控制你控制誰？」

就在這時，一個針鋒相對的聲音忽然響起來了：「喲，是哪位這麼深刻、這麼偉大啊？」聲音不高，場上卻立刻安靜下來。葉建華望去，見是一個穿裙子的披肩髮女生。全班總共七個女生，只有這女生每天每天地穿裙子，因此她記住了她的名字——藍音。藍音有一張明亮、乾淨的臉，她的聲音也是明亮的，就聽她說：「這事要換了我，我也會跟葉建華一樣。做人不能只顧頭不顧屁股，自由是一回事，知恩報德又是一回事呢。大文學家你說是不是？」那同學反唇相譏道：「沒看出來，現代的外表下還藏了顆古典的心啊。」藍音臉色一沉，又忽然一笑道：「沒看出來的多著呢，不急，咱一道兩年，你就耐下心來慢慢看吧。」

藍音說完拉了葉建華就走，就好似葉建華是她多年要好的朋友。

從那以後，葉建華和藍音竟是真的好起來了。好的原因還有，藍音從不叫她「大姐」，而是直呼「葉建華」。藍音比葉建華小了一歲，但葉建華喜歡她這麼叫，這麼叫才有平等感。對，平等感，來這裡上學，也許就為的這平等感呢！

與禮堂大課相比，和藍音的好到底真切多了，至少表面的孤單沒有了。藍音常與她結伴而行，圖書館、閱覽室、校前的梨園、校後的小樹林，到處都留下了她們同行的足跡。葉建華後來問過藍音：「那天為什麼要幫我說話？」藍音說：「喜歡你唄。」葉建華臉一紅說：「我才不信。」藍音說：「臉紅什麼，我又不是男的。」藍音哈哈笑了一陣，才說：「是真的，也不知為什麼，一看見你就覺得投緣。」藍音提起葉建華第一天來到學校的情景，背了行李，提了網兜，兩條辮子搭在胸前，就像一個剛回城的知青。藍音那時正在校門口散步，盯了葉建華看了一會兒，忽然就問：「你是葉建華同學吧？」葉建華說：「是啊，你怎麼知道？」藍音說：「一個叫葉建華的女生還沒到，班裡同學都知道啊。」葉建華說：「可你從沒見過我。」藍音說：「人和名字都是上天安排好的，一看就知道。要是我這模樣叫了『葉建華』才奇怪呢。」葉建華不由得笑了，這女同學，眼睛黑黑的，鼻子挺挺的，面皮白白的，細膩得就像小孩子的，看了不由得會叫人疼惜。她穿了件小碎花連衣裙，上搭一件純白色短款線衣，腰圍那裡，一雙大手似就可以圍攏起來。葉建華以為藍音是班裡特意派人來接她的，藍音要替她拿網兜時她便手一鬆遞了過去。誰知沒走多遠，藍音就氣喘吁吁、滿臉通紅了，她說：「你這裝的什麼東西？好沉啊！」後來，葉建華仍自個兒提上，輕鬆自如，臉不變色心不跳，一直走到了她們的教室。

兩人回憶著初次的相遇，說一陣、笑一陣的，藍音說：「那天空了手跟你並排走，知道我一直在想什麼嗎？」葉建華說：「想什麼？」藍音說：「這麼有力氣的女子，她丈夫一定是個手無縛雞之力的。」葉建華說：「這回你可是猜錯了，我丈夫還不知在哪兒呢。」藍音失望道：「不會吧，上天咋會這麼安排呢？」葉建華說：「那你呢？」藍音說：「你看我像是個有丈夫的人嗎？」葉建華說：「有或沒有，於你都不奇怪。」藍音說：「那是有還是沒有呢？」葉建華看了藍音一會兒，說：「說不好有還是沒有，但一定有過。」藍音說：「為什麼？」葉建華說：「你這樣的人，沒有丈夫會影響男女世界的平衡和諧。」藍音不由得大笑：「想不到上天也會讓你這樣的人壞一壞啊！」葉建華喜歡藍音的大笑，那聲音就像一片晴朗的天空；她還注意到，藍音總喜歡說上天、上天的，她後來也不由得多次想過，自個兒和藍音的相遇，是否是上天的意思？

當然葉建華又和藍音認真討論過自由和知恩報德的事，葉建華堅持認為同學們對她的批評是有道理的，兩者一旦有衝突，自由一定是第一位的。藍音則仍堅持兩者是兩回事，一旦有衝突也不能狗熊掰棒子一樣撿一個扔一個。藍音問葉建華：「晚到學校兩星期，難道你後悔了嗎？」葉建華說：「沒有啊。」藍音說：「還是的，我認為這是解決衝突的最好選擇了。」葉建華說：「要是館長最後不點頭呢？」藍音說：「那就另當別論，說明他對你不是真正的提拔，是有私心的提拔，也就無所謂恩不恩了。」葉建華說：「你這麼說我心裡就踏實了。」藍音說：「什麼意思？」葉建華嘆口氣說：「事實是，館長他最後真就沒點頭，他的理由只是需要我留下來辦那張小報。我說小報別人也能辦，他說別人又沒得到他的提拔。」藍音驚道：「怪不得，原來你是早把自由放在第一位了啊！」葉建華說：「也沒有，那時壓根兒就沒想過自由不自由的，只是渴望，一種渴望壓倒了一切。」藍音說：「什麼渴望？」葉建華說：「上學的渴望。」藍音說：「渴望拿到一張文憑？」葉建華臉一紅說：「你咋會這麼看我？」藍音笑道：「渴望文憑有什麼錯，咱班為一張文憑來的多了去了。」葉建華說：「那你呢，也是為一張文憑？」藍音說：「我就不該為文憑了？」葉建華說：「我才不信，因為我就不是為文憑，我只為上學，上大學，在教室裡聽課，在圖書館讀書，同學間直呼其名，平等相待，然後隨便在哪個角落自由自在地寫小說。」葉建華說：「我沒有一份正式工作，大家也許會認為，為文憑而來的最該是我了，可我真心地告訴你藍音，我就是為上學來的，我好像天生喜歡學校這種地方。」葉建華說：「知道嗎，有一年省文聯辦寫作班，班期只兩星期，可就在這兩星期裡，我幸運地和一個正在上大學的女學員相識了。寫作班結束後這女學員便開始從學校圖書館借書寄給我看，契訶夫的、托爾斯泰的、杜斯妥也夫斯基（又譯：陀思妥耶夫斯基）的、屠格涅夫的、羅曼‧羅蘭的、史坦貝克（又譯：斯坦貝克）的……，太多了。我從沒去過她的大學，一收到書就覺得像是從天堂寄來的，而她便是那天堂裡的天使。」葉建華說：「我這個人，從沒有什麼具體的人生規劃，自從寄書的事發生後，我就更相信人與人、人與事間的精神聯繫了，更難有什麼實際目的了。這麼說大家也許很難相信，可藍音，我覺得你會相信，因為你相信我才把心裡話說出來的！」葉建華的一張圓臉紅通通的，一雙大眼睛亮閃閃的，顯然是有些激動了。藍音從沒見過激動起來的葉建華，她點頭說：「相信，我當然相信。不過我也真心地告訴你葉建華，文憑的確是我上學的目的之一。」葉建華望著藍音明淨的臉，相信藍音說的是心裡話，她想，相互說心裡話就不易了，還要怎麼樣呢？卻到底有些不甘心，還是張口問道：「你已經有一份好工作了，文憑還那麼重要麼？」葉建華曾聽藍音說過，她在一座城市的文化局工作。就聽藍音說：「要是有人總拿你的沒文憑說事，你說重不重要？」藍音的眼睛這時也亮閃閃的，白皙的臉上少有地生出了兩朵紅暈。葉建華覺出，就像剛才自個兒的動心一樣，藍音這是也動了心了，她本想說：「你看重的也許不是文憑，也許只是別人的『說事』吧。」但看著藍音臉上的兩朵紅暈，忽然有一種說不出的心疼，便不由得將嘴邊的話嚥回去了……

葉建華和藍音所在的班，在這所師範學院是個特例，生源全來自省內發過文學作品的青年作者。說是青年，由於年齡放寬到三十五歲，年過三十的幾乎能占一半了。據說這文學班，也是金校長跑上跑下親手創建的，他自己不寫東西，但他熱愛文學，那份熱愛，就如同信仰一般堅定、深厚。葉建華和藍音平時很少能見到金校長，但想到他就有一種莫名的踏實。他就如同校前、校後的樹木，是一種長遠的可依傍的感覺。她們的進修時間只有兩年，但她們的踏實感、永恆感卻是空前的，無比真實的。

二

文學班能辦起來，其實跟國家改革開放的形勢也大有關係。文化大革命作為糟糕的一頁已不由分說地被翻過去，其間被打倒的、被冤屈的，平反的平反，修正的修正；原本固若金湯的人事關係也開始大大地鬆動，北京人可以到上海去，上海人可以到深圳去，戶口已再不能像把鎖頭一樣死死鎖住有志者們的意願了。意識形態方面，更是空前地活躍，一次次的文化會議，聚集著到會者口無遮攔的言論，一首首詩歌，一篇篇小說、散文，也帶了親歷者的傷痕噴發而出。據說，金校長也是被平反了的，他曾是五七年的「右派」和文化大革命中的「資產階級反動學術權威」，因此如今做事格外地雷厲風行，就像一天要當成兩天過，以彌補失去的太多的時間。

而初來乍到的葉建華和藍音，是顧不得關心這些大事的，只每天教室裡的聽講、閱覽室裡的閱讀、操場上的廣播體操、食堂裡的共桌就餐、宿舍裡的集體居住……，等等，等等，就足以把她們的時間排得滿滿的了。都多少年了，對學校生活她們早生疏了，況且那時上的還只是當地的中學，教室沒這兒的寬綽，課本沒這兒的豐富，老師也沒這兒的有水準，這兒的老師一開講，把你吸引得眼睛都不想眨一眨了。不單有本校的老師，外校、外市、外省的有時也會被請了來，像金校長那樣到禮堂去上大課。那多半是知名的作家、評論家，雜誌上有過他們太多的文章，講起來卻又比文章有趣得多，誰也甭想猜出下一段、下一句會說什麼。有時怕是他們自己也難預測，說著說著就有出人意料的句子脫口而出，像是那句子憋在肚子裡太久了，一刻也等不得了。上大課的時候，葉建華和藍音總是早早地就去禮堂占座了，她們希望聽得真切，看得也真切，印在文章上的名字，一下子變成真人到了跟前，機會真是太難得了。不過，有時真切也有真切的不好，一位男作家講得激動，眼見得他唾沫星子四處飛濺，一顆豆粒大的白沫卻又含在嘴角，半天都不肯消去；一位評論家原本有極好的口才，可講著講著，一口假牙忽然脫落了，好在他及時將手指伸進嘴裡，才防止了假牙的全部脫出。而坐在前排的葉建華和藍音，卻將假牙看了個清清楚楚，她們別過臉去裝作沒看見，但強忍的笑已讓她們的身體愈來愈劇烈地抖動起來了。

作為文學班學員，她們有時當然也會聊到政治形勢，四人幫、胡耀邦、中央政治局什麼的，但聊著聊著，不由得就又回到文學、回到自個兒身上去了。比如聊起文化大革命，葉建華總不由得要提到她的奶奶，她說文化大革命是一九六六年六月開始的，奶奶是一九六六年六月去世的，從此她一進校門就進教室上課的習慣、一進家門就喊奶奶的習慣，都統統地不復存在了。她說這兩件事偏偏就趕到一塊兒了，讓她從心理上做了很長時間的無家可歸的流浪狗，以致後來「流浪」都成了習慣，一次又一次地，一年又一年地，「有家可歸」反倒是少有的了。這時藍音就說：「開端，這正是一種人生的開端吧。人這一生有多次開端，每一種開端都蘊含內在魔力，它保護我們，幫助我們生存。」葉建華聽著，明白藍音又在展示她的名家名言了，她有厚厚的一沓卡片，密密麻麻抄滿了名家名言。葉建華的眼睛亮了亮，問：「是誰說的？」藍音說：「赫曼‧赫塞（又譯：黑塞），一位德國作家。」葉建華說：「開端，說得不錯，我定要去會一會他。」藍音說：「要不要跟你一塊兒去？」葉建華說：「好啊，只要你不覺得會遭冷落。」藍音說：「不怕，我是誰，要會的人多了去了。」藍音拍拍書包裡的卡片。兩人便哈哈地笑上一陣，而後手把手地往圖書館去了。還比如聊起四人幫，藍音會忽然問葉建華：「你說四人幫看沒看過褚威格（又譯：茨威格）的小說？」葉建華便搖搖頭說：「說不好。」她其實在心裡，是覺得這樣的問題並沒太大意義，看過又咋樣，看過還不是只許一本書、八個戲的存在。藍音說：「我是在想，他們要是看過褚威格的小說，也許樣板戲就出不來了，因為小說的細緻入微好歹也會成為他們思路的一種障礙吧。」葉建華說：「也許正因為他們看過，才愈要弄出來樣板戲呢。」藍音說：「怎麼講？」葉建華說：「革命者的心是不能細緻入微的，一細緻入微就沒法革命了。他們需要的是粗線條，粗線條才好組織起來，億萬個人一條心，風風火火的，堅定不移的，像江水英那樣，像李玉和那樣。要是一個人一條心，革命豈不是難上加難了？」藍音說：「葉建華你說得太好了，我咋就沒這麼去想呢？」葉建華說：「因為我當過農民，農民是在人民公社的大集體裡，細緻入微則是個人的東西。集體、個人這兩樣東西，我是太感同身受了。」藍音說：「我也當過工人，工廠更是個大集體，要說感同身受，我比你只多不少呢。」葉建華有些慚愧地說：

「要不是你先提問題，我也想不出這話來。開始我心裡還不以為然，覺得沒太大意義呢。」藍音看著葉建華，也掏心掏肺地說：「知道剛才我咋想嗎？我想，這話該是我說出來的，她葉建華咋會有這樣的見解呢？」兩人相互你看著我、我看著你的，好一陣，像是對方眼睛裡的自己被融化了，再也找不到了，然後「噗哧」一聲，以會心的笑做了談話的結束。

學校生活當然不只是討論問題，還有吃飯、睡覺，和其他同學的相處什麼的，葉建華和藍音，是都試圖將這些事最大化地簡單起來，只面對聽課和讀書兩件事。事實上她們都沒能做到。比如有同學將半拉（半塊）饅頭扔進垃圾堆裡、隨意拿別人的飯盆用、借了別人的飯票不還等等，比如有同學半夜起來上完廁所，燈不關，門不插，還弄出好大的動靜；或者隨意躺別人的床，蓋別人的被子，弄髒了還裝傻充愣，以為人家不知道；或者夜不歸宿且不告知一聲，害得一宿舍的人滿學校尋找……；甚至，有同學動不動就吵起來，吵著吵著就打起來，你揪我的頭髮，我揪你的耳朵，就這麼到了班主任那裡。奇怪的是，班主任好容易弄清緣由，來做他們的思想工作了，卻見他們已是勾肩搭背，好得一個人似的了。只做倒也罷了，做完還要以「自由」、「個性」做理由，底氣十足，伶牙俐齒，誰也休想駁倒他們。彷彿誰沒這麼做，誰就沒有個性不配寫作似的。做這些事的人比她們通常都年輕些，開始她們像觀察孩子一樣觀察著他們，覺得他們到底少束縛，時代的聲音到他們那兒立刻就能變成行動。儘管那行動不一定都叫「個性」，但他們對「自由」、「個性」確是嚮往著的。葉建華和藍音當然也嚮往，但她們的嚮往好像還沒來得及和行動聯繫起來，比如在關係上的隨意，不要說和其他同學，就是她倆之間也難做到，一些隱約不明的界限，在她們那裡卻往往如鐵律一般不可逾越。有一回一個女生隨手抽走葉建華的鞋帶，繫在了自個兒鞋上。葉建華問這女生：「你的鞋帶呢？」女生說：「丟了。」葉建華說：「你繫了我的，我繫什麼？」女生說：「什麼你的、我的，你就不能打破習慣，就不能不循規蹈矩嗎？」葉建華沒再堅持要回鞋帶，但她堅持要跟這女生討論討論，鞋帶和循規蹈矩的問題。這女生倒也認真，拉了十幾個男生、女生來，唇槍舌劍，你唱罷了我登臺，竟將葉建華辯了個張口結舌。他們說：「我們每個人或多或少都是習慣的奴隸，你是要甘心做它的奴隸呢，還是打破它或者支配它呢？」他們說：「習慣使我們順從一切，它是智者的禍患、蠢貨的偶像，它支配著那些不善思考的人們。」他們說：「我們正處在飛速變化的年代，變化就要不斷地改變陳規，循規蹈矩是要不得的，循規蹈矩只能成為社會進步的絆腳石。」在他們的言說下，葉建華竟沒找到一分一秒的機會來說說鞋帶。到後來有機會時，葉建華卻已不想說了，因為比起那些正確無比的言說，鞋帶簡直就是一粒塵埃，卑賤而又渺小，若是再提，連自個兒怕也要變成塵埃了。

可是，在一夜的輾轉反側中，鞋帶在葉建華心裡卻又莫名地強壯起來，它開始不卑不亢地與那些言說平起平坐，再也不甘心卑賤下去了。它的理由十分簡單，即鞋帶是葉建華的，它不是集體的，更不屬於任何人，就像別人的鞋帶也不屬於葉建華一樣。葉建華正是從室外照進來的昏黃的燈光下看到自己的鞋子才讓鞋帶重新強壯起來的，那是雙普通的灰白色帆布鞋，來校前父親買給她的，父親對上大學有一種超乎常人的熱情，他將她上學的事宣傳得家喻戶曉不算，還一改平日的摳門兒，包攬了她所有上學的費用……。她看到那少了鞋帶的鞋子在燈光下慘白、慘白，就如同一隻孤獨、有疾的鳥兒。她想她當然可以隨便抽去哪個人的鞋帶歸為自己，可她知道那是不可能的，就像文化大革命中同學對老師的直呼其名一樣，其他同學能，她卻偏就不能。特別是那個和藹可親的語文老師，自個兒的每篇作文後面都有她一語中的叫人受益匪淺的批語，對她直呼其名就如同對自個兒母親的冒犯一樣。而今天思想的活躍、變化，不正是建立在對文化大革命糾錯的基礎之上麼？她多麼希望擁抱今天的活躍、變化，可沒想到，事到跟前了，她卻仍是個不能……

很多天裡葉建華都鬱鬱不樂。藍音自是明白其中的緣由，鞋帶的事她沒在場，但年輕同學的言說她已大致聽說，她問葉建華：「你真覺得那些言說正確無比嗎？」葉建華說：「真覺得。」藍音「噗哧」笑道：「我也覺得，因為那都是大師的語錄。」葉建華說：「所以我才高興不起來，大師句句都像是在批評我一樣。文化大革命趕不上大家倒也罷了，到今天反過來了，還是個趕不上。藍音你說，不顧忌別人的感受，想咋樣就咋樣，是粗線條的革命者呢，還是個性化的自由者呢？」藍音說：「這話問得好，說革命者我看倒更貼切。」葉建華說：「不過有時我也想自個兒，興許你就是個沒出息的循規蹈矩的人吧。」藍音說：「那就不妨做個有出息的試試。」葉建華說：「比如呢？」藍音說：「比如，停止打掃衛生。」葉建華看著藍音，不由得笑了。在

「自由」的言說下，一些同學已不屑「乾淨、整齊」的字眼了，著裝不修邊幅，日常用品亂扔亂放，有的甚至飯盆不洗、被子都不疊了。葉建華和藍音喜歡整潔，一直堅持把自己的床鋪收拾得一塵不染，把宿舍的門裡門外打掃得乾乾淨淨，甚至有時還把別人沒疊的被子疊整齊，把別人沒洗的飯盆洗乾淨。因為若選擇在宿舍裡讀書，她們在凌亂不堪的環境裡是一個字也讀不下去的。葉建華明白，即便她想不打掃，她的手腳也不會聽話的。她的習慣來自家庭，母親每天拿得最多的兩樣東西就是笤帚和抹布。藍音的習慣則來自工廠，同宿舍單純的、愛乾淨的女工們給她帶來了快樂，也給她帶來了天長日久的整潔。葉建華問藍音：「你能停止嗎？」藍音說：「其實停止也沒什麼了不得的，我倒想看看，不做習慣的奴隸是什麼滋味。」藍音又說：「不過也許還可以反過來想想，他們是不是習慣的奴隸，壞習慣的奴隸！」葉建華說：「是啊，是啊，壞習慣的奴隸。」藍音說：「還有，跟風的習慣，一說自由、一說解放就不管不顧了，生怕落個保守、落後的名聲，其實誰落後、誰進步真還說不準呢。」葉建華興奮道：「對呀，跟風，集體的跟風，粗線條的跟風！」她的眼睛亮亮的，像終於找到了一個準確的字眼兒。可立刻又有些不確定地說：「跟風，這可是個大題目。跟風是不好，可不跟風就一定好嗎？」

葉建華的提問讓兩人一下子沉默下來，她們像是無意識地觸及了一個重大問題，而一時又沒有解決的能力。再說，那些同學也算率真可愛，若不是提到自由、個性的高度，鞋帶的事倒也真算不了什麼呢。

第二天，她們帶了這問題去請教讓他們敬重的哲學老師，沒想到哲學老師只用四個字就否定了她們「跟風」的說法，他說：「聽說過矯枉過正嗎，任何錯誤傾向的糾正都難免會矯枉過正，不必大驚小怪。這些同學的動機是好的，應該得到鼓勵，而不是以『跟風』對他們諷刺打擊。」老師的回答真是讓她們難過，她們倒成了諷刺打擊的人，而被「諷刺打擊」的人倒像成了弱勢！天啊，好一個弱勢，好一個搶走別人鞋帶的弱勢啊。

自上學以來，她們對所有任課老師都保持著信任，因為聽說，任課老師都是金校長親自挑選的，無一不是學校最一流的老師。但這一回，哲學老師在她們心目中是大大地打了折扣了。她們本想去找一找金校長，金校長的回答一定會是她們的心之所想，可他忙得已經很多天沒看到過了，這點小事怎好意思去打擾他呢。很快地，她們在哲學老師那裡的碰壁就有同學知道了，言談之中，嘲諷、攻擊的意味顯而易見。葉建華和藍音，只好不理不睬，上完課便到圖書館或閱覽室去，長時間地沉潛在書的世界，彷彿書以外的世界已不存在。好在，那個抽走鞋帶的女生，不知什麼時候又將鞋帶還到了葉建華的鞋上，每天從宿舍到教室再到飯廳的路上，還有意與葉建華和藍音同行。這雖多少緩解了二人的沮喪，但身邊憑白多出個人來，反倒有些不習慣。有一天二人到底開口問起了那女生。那女生說，她本是隨意慣了，可沒想到一件小事弄成了個事件，事到如今，也只能怪她的隨意了。葉建華固執地追問說：「不是隨意的事，是循規蹈矩的事，在你們眼裡，我真是個循規蹈矩的人嗎？」那女生倒也實說道：「真是。」葉建華說：「為什麼呢？」那女生說：「你們就像家裡父母一樣每天早起打掃衛生，這讓大家真受不了。」藍音說：「豈有此理，弄成豬窩一樣你們就受得了了？」那女生說：「你們一打掃就等於要求大家和你們一樣，大家好容易脫開了家庭，脫開了單位，想任性一回，誰還想讓別人要求自個兒啊？」藍音說：「我們要求過哪一個嗎？」那女生說：「沒有要求勝似要求，床鋪弄得一塵不染誰還好意思往上躺啊？還有你倆，每天每天地結伴而行，弄得大家好不舒服，你們結伴了，別人咋辦？那天一夥人唇槍舌劍，也是有心要吐一吐對你們的不滿。」葉建華和藍音相互看看，都不由得吃了一驚，就聽那女生繼續道：「也就是我這沒心沒肺的，敢於厚了臉皮跟你們結伴，你們要再不開口跟我說點什麼，我也都快撐不住了。說到底咱都是同學，誰也不比誰高一等，你們說是吧兩位姐姐？」葉建華說：「不對啊，在大家眼裡我們是循規蹈矩的人，比大家低一等才對啊？」藍音說：「是啊，是啊，我們才低一等啊。」那女生說：「等不等的，全班同學你們能叫出多少人的名字？不要說別人，我姓什麼、叫什麼，從哪兒來、做什麼工作，你們說得上來嗎？」葉建華和藍音再次相互看看，竟真是說不出的，只聽別人都「老四，老四」地喊她，別的就什麼什麼都不知道了。

原來，老四名叫鄭小凡，老四是另幾個女生依照年齡排出來的。她們沒排葉建華和藍音自是有意的：「你們會結伴，我們也會結伴，我們人還比你們多得多。」葉建華和藍音聽著，奇怪自個兒竟是毫不知情，她們吃驚又好笑，一邊對鄭小凡表示歉意，一邊又忍不住對排斥自個兒的做法嗤之以鼻。她們說：「要說要求，這才是對人的要求，要求人一條心來排斥別人，多麼古老的不自由啊，鄭小凡你說是不是？」鄭小凡倒也不否認，說：「我常常覺得，人就像生活在一個個的套子裡，從這套子裡掙脫出來，一不小心又掉進了另一套子，咋做都是有危險的。」二人看著鄭小凡，又相互看看，忽然有些明白鄭小凡為什麼要與她們結伴而行了。

三

文學班學員龐大的借書量，在學校是人人皆知的。就看每人的課桌上，最醒目的便是那高高的一摞書了。大家相互翻看著，你借我的，我借你的，借閱就翻倍地多起來，一本書不知要經過多少人的手了。逢到搶手的書，圖書館都要被借光了，教室這邊卻還一個接一個地排了隊，等得著急。先是福克納的《喧嘩與騷動》，再是馬奎斯的《百年孤寂》（又譯：瑪爾克斯《百年孤獨》），再是海明威的《老人與海》，再是勞倫斯的《查泰萊夫人的情人》、卡夫卡的《變形記》、卡繆（又譯：加繆）的《局外人》等等，等等。好在不只有轟動一時的小說，還有火爆的哲學、心理學書籍，沙特（又譯：薩特）的《存在與虛無》、卡繆的《薛西弗斯神話》（又譯：《西緒弗斯神話》）、佛洛伊德的《夢的解析》、尼采的《悲劇的誕生》、叔本華的《作為意志和表象的世界》、阿德勒的《自卑與超越》，羅洛・梅的《愛與意志》、卡倫・霍妮（又譯：荷妮）的《自我的掙扎》，西蒙・波娃的《第二性》（又譯：波伏娃《第二性——女人》）……。一時間，教室裡書香四溢，一本本名聲赫赫的書籍，就如同奪目的光環，競相照耀，魅力無限。這些書當然跟老師們的推薦有關，但更跟一條口口相傳的隱性通道有關，它也許來自北京，也許來自上海，還也許來自哪個不知名的小城、小鎮，還有人說，許多書名出自金校長之口，因為班上幾個有寫作實力的同學，有時會去找金校長聊天兒，金校長通常是竹桶倒豆子，傾其所有，一點不會保留。

不管怎樣，這些書對大家的吸引是前所未有，它們就像是另一撥兒老師，對他們不只有敬重，更有崇拜，講什麼都是好的，講什麼都新奇而又受益，即便相互間南轅北轍，也絕不捨得厚此薄彼，質疑任何一位。

不過也有另闢蹊徑的同學，悄悄地借了中國古典書籍來看，如《老子》、《莊子》、《史記》、《易經》等等，雖趕不上外國文學的熱鬧，那同學卻也看得相當入神，到精彩處，不由得站起來想跟哪個說點什麼，卻見周邊幾乎人手一冊外國書籍，便只好嘆一口氣，孤獨地坐了下去。

要說孤獨，其實每個讀書人都是孤獨的，說是大家在共同傳看某一本書，看完還可以共同地討論切磋，均不過是表面形式罷了，真正入了心的，甚至改變了心靈軌跡的，終究是誰也不知誰的。至於熱火朝天的討論，也不過是些能說出來的道理，而那沒說出來的，潛藏在人心裡的，不知要比道理多出多少倍呢。或許正因如此，佛洛伊德的理論才格外受歡迎，他那意識、潛意識、無意識的說法成為熱議，到處都響著「夢、夢」的聲音。那本《夢的解析》已被翻得捲了書角，封底也少了大半，就像一位受追捧的明星被粉絲們弄亂了頭髮、搶去了鞋子。

葉建華和藍音在這其中，自也是充滿熱情，大家傳看的書籍，她們差不多都翻看了一遍，喜歡的、不喜歡的，只她們倆就分歧不斷。她們不停地爭論著，爭論的結果大都又回到各自的堅持，誰也不能說服對方。漸漸地她們索性就不再爭論，只管推薦，至於喜不喜歡，再不去強求對方了。

這樣下來，倒更有時間多看些書了。大家傳看的去看，沒傳看的也如飢似渴地尋找，就如同尋找愛人一樣，一旦有入了心的，難以言說的幸福感會油然而生。褚威格的小說就是這時候被葉建華尋找到的。那是一本厚厚的封面和封底都有破損的小說集，她看的第一篇小說是〈一個陌生女人的來信〉，許多書都在等她去看，她卻將這小說細細地看了兩遍。然後是〈象棋的故事〉、〈看不見的收藏〉、〈一個女人一生中的二十四小時〉等等，幾乎每一篇都不能粗略地翻過去，作者就像施用了什麼魔法，只要一拿起書來，就必是沉醉其中，忘掉一切。葉建華當然很快推薦給了藍音，藍音看葉建華紅撲撲的如同喝醉了酒的臉龐，知這書對她非同小可，便立刻也借來了一本。藍音卻遠不像葉建華一樣地癡迷，她說：「好便好，但中國作家是學不來的，生活中哪有那麼多神經質的人啊？」葉建華不由得辯駁道：「那才是真實的人啊，一個陌生女人的來信，我覺得就像在寫我一樣。」藍音看了葉建華，不相信地說：「你，你寫過那樣的信？」葉建華說：「沒有。」藍音說：「你那樣地愛過？」葉建華說：「沒有。」藍音說：「那跟你有什麼關係呢？」葉建華說：「孤獨，他寫的是愛情，我感受的卻是孤獨，一個人的內心深處，被他寫得又準又狠，這褚威格是太了不得了！」葉建華說著，眼睛裡竟有淚光一閃一閃的。藍音看著不禁也有些激動，她說：「我多麼想跟你一起分享孤獨的感覺，可真抱歉，對那女人我有的卻全是憐憫。說出來吧葉建華，是誰？是哪個混蛋？我幫你找他算帳去！」葉建華說：「沒有，真的沒有。」藍音自是不信，堅持了一會兒，看葉建華仍說沒有，便只好不再問，心裡卻仍認定著自個兒的判斷。而葉建華心裡也有說不出的失望，原本只是對一篇小說的感受，藍音她卻要扯到生活中去，兩人應是最談得來的了，竟也會如此地錯位。

這使葉建華在孤獨的同時更如飢似渴地尋找著屬於自己的書籍。美國的心理學家弗洛姆，俄國的哲學家、文學評論家舍斯托夫，都不在同學相互傳閱的範圍，葉建華卻如獲至寶，愛不釋手。她也曾向同學推薦，但並沒引起重視，她孤獨卻幸福地沉浸在其中，聽他們說話，時而也說給他們聽。當然是在心裡，表面上給人的感覺是愈來愈沉默了，一天到晚嘴閉得緊緊的，眼睛喜歡盯在一個地方動也不動。臉色卻又出奇地好，面頰上常常飛出兩朵紅暈，就像是談戀愛羞紅的一樣。即便跟藍音，話也少了許多。好在藍音這時也正沉浸在一本什麼書裡，兩人便互不干涉，隨對方去了。

弗洛姆和舍斯托夫的話在葉建華聽來都是嶄新的，從未聽說過的。可他倆又是那樣地不同，一個是理性的、積極的，一個是非理性的、顛覆的；一個是要強調人道主義倫理學，認為人類歷史是進步還是倒退，唯一的判斷標準就看它是促進了人的解放、人的自由、人的全面發展，還是阻礙了人的解放、人的自由、人的全面發展。一個則是要撞向強大的必然性這堵石牆，認為真理不依賴邏輯，合乎邏輯性是絕不會有任何真正的用處的，真理是生活在矛盾之中。認為真正的自由不是在善惡之間進行選擇，真正的自由是不容許惡進入世界的權力和力量。就是說，人要依靠信仰、依靠上帝，才可能獲得自由，徹底將惡消除。他們當然不屬同一個時代，不屬同一個國家，更沒有過直接的對話，但只因一個葉建華，卻奇妙地相聚了。在葉建華這裡，熱愛的激情幾乎是不講理地模糊了他們的相異，又幾乎是曲徑通幽般地洞見了他們的共同。她認為，他們的共同集中表現在人性和人道上，他們對人本身的愛護都抵達了其他人難抵達的高度。弗洛姆雖說理性，他卻一點不強調個人和社會的相一致，反而要個人和社會保持距離，並充滿激情地說，一個人「最重要的素質就是要有勇氣說一個『不』字，有勇氣拒不服從強權的命令、拒不服從公眾輿論的命令」。而舍斯托夫呢，是借小說家契訶夫的主人公來表達他的絕望和絕望的反抗，他說：「契訶夫主人公的命運都異常奇怪：他們盡最大可能把自己的內在力量繃得緊緊的，然而卻又得不到任何外在成果……。他們不僅說話不合時宜，而且行為也不甚得體。他們不善於——我寧願說他們不願意使外部世界適應自己。」他還評價杜斯妥也夫斯基：「他的主人公們不善於也不想進行創造——凡是他們出現的地方，隨之而來的就是破壞和死亡。」他甚至不容置疑地說：「人是萬物的尺度，他應當像不受限制的君主一樣進行立法，有權用最完全對立的原理來對抗任何原理。」葉建華看到這些文字時，聯想從前看過的契訶夫、杜斯妥也夫斯基的小說，不禁當下就與奮難耐地找藍音述說去了。藍音聽了，先是像看陌生人似的看著葉建華，大約為了不讓她掃興，臉上漸漸露出了高興的模樣。但這高興薄薄的一層，高興後面似是一種與高興無關的興奮。藍音正在看一本羅蘭・巴特的書，卡片已抄了厚厚的一摞，興奮顯然由此而來。葉建華說著、看著，忽然就停下來，再也不想說下去了。

葉建華是在宿舍跟藍音說這番話的，她趴在上鋪將腦袋探向下鋪，看著坐在床頭的藍音說啊說的。這些話說出來就夠難了，聽者若不能入心難就更添了一層。終於，葉建華還是放棄努力，從上鋪翻身跳了下來。

好在這是個自由安排學習的下午，葉建華趁了藍音埋頭讀書的空兒，悄悄離開了宿舍。但出門的一刻還是聽到藍音說：「葉建華我就喜歡看你跳下床的樣子。」葉建華不由得笑了。幾個睡上鋪的女生唯有她可以不借助床梯就輕盈下地，那幾個女生曾試圖模仿，卻總也沒學成。看上去葉建華只不過是找了個角度，然後用足了胳膊的力氣，其實過程中身體的每個部位都是起作用的，起的什麼作用葉建華自個兒也說不明白。自個兒都說不明白的事，別人如何學得來？

葉建華耳邊迴響著藍音那句話，穿過宿舍後面的足球場，走出校後的一道小門，心情已經好了許多。她想，藍音與她的好，比起對書本理解而生的隔膜，力量一點不弱呢。她甚至都有點後悔了，和藍音在宿舍裡，一起度過了多少讀書的快樂時光啊。她不知自個兒的一雙腳怎麼走到到這兒的，好像緊趕慢趕的，執意要走得遠一點。即便是眼下，腳步也沒肯停下來。通向樹林的一條小路，在腳下彎彎曲曲地延伸著，不遠處的樹木、草叢，已經十分地清晰可見了。

腳下的小路要經過一條乾枯的河床，它橫在學校與樹林之間，淺淺的，寬寬的，布滿了硌腳的沙石，每次來，葉建華都牽了藍音的手，以有力的手臂護持著藍音。這時的藍音便說：「葉建華啊葉建華，你跟那個寫信的小女人咋會是一回事呢？」葉建華就說：「不是一回事，也是一回事，世上有多少事，都是在是和不是之間呢。」藍音停了腳步，臉對臉地看了葉建華說：「了不得啊，上天賜給我一個哲學家啊。」兩人便呵呵地笑起來，笑聲在河床裡迴盪著，不知怎麼驚著了樹林邊上的幾隻鳥兒，牠們忽啦啦騰空飛起，身後的樹枝如風吹般搖動著，身前則是清澈如海的藍天。她們望著，不由得怔怔的，倒彷彿是受了鳥兒們的驚嚇……。葉建華一個人走出河床，走進樹林，心裡想著藍音，卻又莫名地有一種自由自在的欣喜。

這樹林子裡多是槐樹，雖說成行成趟，粗細、高矮也不相上下，只是樹下雜草叢生，樹上的枝葉也勾肩搭背地任意瘋長，像是已很長時間沒人管理了。據說林子原是一家農場栽種下的，後來農場的地兒建了工廠，農場的人撤走了，這片林子便如少了娘的孩子荒蕪下來了。

雜草間早已踩出了一條小路，小路前面，可見一兩個學生的身影。而那小路通不到的樹下，也有身影閃動著，或一個或兩個，或讀書或交談。還有談情說愛的男女學生，遠遠地躲在樹後相擁在一起，自以為別人看不見，可樹們畢竟年紀還輕，老遠看似是密不透風，真走進去卻疏疏朗朗，到處都是陽光可以照射的空間。葉建華走在小路上，遠遠地為他們祝福著，卻又無來由地生出了擔心：有相擁就有分離，分離的一刻他們又會怎樣？

葉建華終於選中一棵樹坐了下來。這樹粗大挺拔，枝繁葉茂，樹冠就如同撐起的一把大傘；樹下呢，一塊乾乾淨淨的青石，剛好是一個人的座位，彷彿正等待著葉建華的到來。葉建華靠在樹上眯了會兒眼睛，似要充分享受這獨處的時光。她眼前是一個五彩繽紛的斑斕世界，清晰可見又虛無飄渺，花草的氣味，樹身、樹葉的氣味，好像還有衰落的槐花的氣味，剎那間全都撲鼻而來了。她貪婪地吸吮著，生怕剎那間過去，氣味和斑斕世界都會離她而去。

她手裡是一本厚厚的《在約伯的天平上》，這像是舍斯托夫的一次靈魂漫遊，靈魂遊到哪裡哪裡就會出現顛覆性的言說，靈魂就彷彿專為顛覆而來，專為推翻常識而來。她不知自個兒為什麼會迷戀這書，它就像陰雨的天氣，陰涼、晦暗，和眼下這陽光照耀下的槐樹林極不協調。但奇怪的是，她既喜歡眼裡的五彩繽紛，也喜歡書裡的陰涼、晦暗，就像小時候的自己一樣，既是一個大人眼裡的乖孩子，又常常生出不乖的念頭，那不乖往往自個兒都感到了吃驚……

她睜開眼睛，打開書本，頁面上晃動著枝葉的影子，影子下便是奇妙的令她心驚的漢字組合了。她不知在陰雨天裡看這書是什麼感覺，只知眼下是愜意的，不是身體上，而是心理上，似乎這書與明朗結合她才不致被徹底墜入非理性的深淵……。這念頭不由得嚇了她一跳，深淵，多麼可怕的詞，難道除了迷戀，對這書她還有什麼恐懼？如若這樣，說到底她仍是個乖孩子吧，似舍斯托夫般的顛覆，在她這裡也許這輩子都不可能發生了……

四

葉建華坐在樹下，低了腦袋，捧了書本，身體動也不動。燦爛的陽光透過樹葉，斑斑點點地灑在葉建華的身上。幾隻五顏六色的鳥兒，時而飛落在樹上，時而又從樹上飛下，試探性地在葉建華身邊啄來啄去。葉建華卻毫無知覺，身體依然動也不動。

鳥兒們哪裡知道，此刻葉建華的心裡，卻經歷著翻江倒海般的動盪。那整齊的方塊文字，奇妙地將葉建華帶到了過往的年代。在葉建華眼前，早已沒有了樹林，沒有了陽光，沒有了斑駁的樹影，那全然是另一幅場景，另一個世界了……

天是灰濛濛的，來來往往的人是一個個的影子，街道、房屋則像荒涼不堪的墳場……。在奶奶逝去、老師被批鬥之後，葉建華眼裡的世界很長時間都是這樣。她好像也並不悲傷，只是心跳在加快，每天都有一種做點什麼的衝動。可是她又不想像其他同學一樣寫大字報、喊打倒誰誰的口號，因為所有人都是過往的影子，她一個也看不清，一個也抓不住，就如同她和他們坐的是兩列火車，一快一慢，瞬間就拉開了距離了。那時她的臉色大約也難看得要命，每天都有影子一樣的人盯了她問：「你沒事吧？」在所有這些人中，只有一個人讓她記住了名字，那就是吳大奇，一個高年級的男同學。

那天，她就像一隻惶惶不可終日的兔子一樣在學校操場上轉來轉去。這時的操場早已無人問津，到處是飛揚的紙屑、落葉，伴了紙屑、落葉還有幾處每天都在瘋長的野草。她所以選擇這裡，是懶得回答「你沒事吧」一樣的問話，她卻又絕不想回家，快速的心跳彷彿總在催促她要做點什麼。就在這時，她聽到身後忽然有人問她：「葉建華你沒事吧？」她回過頭，見是一個高個子男生。她說：「你是誰？怎麼知道我叫葉建華？」男生說：「總有認識你的，一問不就知道了？」

這時大個子男生在葉建華眼裡仍是個影子，她將目光伸向他的身後，他身後是一個跳遠的沙坑，沙坑裡的紙屑、落葉幾乎都要鋪滿了。她想，我轉來轉去跟你們有什麼關係呢？

男生說：「我猜，你是跟他們合不來吧？」

她說：「誰們？」

男生指指他袖子上的紅衛兵袖章。

她說：「沒有啊，這個我也有。」說著她從口袋裡也掏出來個袖章，紅底黃字，和男生的一模一樣。她又說：「我跟誰都合得來。」

男生說：「可已經有人在議論你了。」

她說：「議論什麼？」

男生說：「無非是不和大家一起參加運動。」

她說：「我參加了啊，只是這幾天沒參加。」

男生說：「為什麼？」

她說：「不知道。其實每天都跟他們待一會兒，待著待著，不知怎麼就走到這兒來了。」

男生說：「我猜，你是怕開會發言吧，你不是那種搶著批判老師的人。」

她說：「你是在批評我？」

男生說：「沒有，因為我也一樣，怕開會，怕發言，怕舉了胳膊喊口號。」

她注意地看了下男生，見他長得圓頭圓腦的，一臉的孩子氣，跟他的高個頭兒有些不搭似的。她其實並沒意識到自己是怕發言才離開大家的，也許還有別的什麼原因，但男生這一說，她還是點了點頭。

男生說：「可我們不能在這兒待著，不能因為怕發言在這兒待著，他們早晚會來找我們的，到那時候我們說不定也要挨批判了。」

男生一口一個「我們」的，讓她多少有些不適，她說：「不在這兒又能去哪兒呢？」

這時，男生忽然一拉她的手說：「走，我帶你去個地方。」

男生的手又厚又大，濕漉漉的，她不由得甩開他說：「你是誰？憑什麼我要跟你走？」

男生說：「我是初三級的，比你高兩級，我叫吳大奇。」

男生說得平心靜氣，又真真切切，再加上孩子氣的臉，讓她頭一回有一種清晰可觸的感覺。她沒再問什麼，低頭跟在了男生身後。男生的手大，腳也大，一步邁出去頂她兩步。他穿了雙綠色軍鞋，一條深藍色褲子，褲子又肥又長，像是穿的別人的。從身後看他走路的樣子，倒很有幾分沉穩，一點想像不出他臉上的孩子氣。她不由得小跑著跟上他的腳步，一邊想，馬克思主義的道理，千條萬緒，歸根結底就是一句話：造反有理。既是造反有理，還有什麼不可做的？既是可做，還有什麼好怕的呢？瞬間，她像是陽光裡有了樹蔭，雨天裡有了雨傘，那沒著沒落、惶惶不可終日的感覺竟是不知不覺地消失了。她並不知這個叫吳大奇的男生要帶她去什麼地方，她想不管去哪兒，只要不是大家都在的地方就好。

兩人一前一後，沿了操場的邊緣向操場的另一頭兒走去。另一頭兒矗立了一幢比教室高得多的建築，它們白牆青瓦，寬大的門窗，門窗後面是拉得嚴嚴的黑色的窗簾。這建築葉建華是太熟悉了，每天站在操場上，看得最多的就是它了，因為它身上的陽光最多，老遠看上去金燦燦的，是最奪目的景物。她知道那是四個非同小可的去處：物理化驗室、化學化驗室、音樂室、圖書室。說它們非同小可，是說與同等學校比它們是一流的，將它們用來講課的老師也是一流的，每每去那裡上課，同學們都眉開眼笑，彷彿是去參加一場聯歡一樣。可眼下，它們早已被大家遺忘，誰還需要化驗，誰還需要音樂，誰還需要圖書呢？再加上遠離教室、宿舍，又有荒寂的操場為鄰，便愈發顯得孤零零的，即便有陽光照耀，也是房門緊鎖、少有生氣的了。

教室那邊，隱約還能聽到陣陣的口號聲，而葉建華的內心已是安靜了許多。有一刻葉建華忽然意識到，在遠離大家的同時，她又是多麼需要一個人陪在身邊啊！

原來，吳大奇帶她去的竟是其中的圖書室。四個去處裡，圖書室是葉建華唯一沒去過的地方，因為它通常只對老師開放，學生是沒資格進入的。吳大奇像是熟門熟路，用一根鐵絲很輕易就打開了門上的暗鎖。葉建華看了有一種奇異的快感，想到沒資格進入的他們眼下竟能自由自在、毫無阻礙地待在這裡，快感就更聚集起來。她問吳大奇：「這就是相傳的萬能鑰匙？」吳大奇笑笑說：「你怕什麼，我們又不是小偷。」她覺出自己的聲音有些顫抖，嘴唇還有點哆嗦，但仍硬了頭皮說：「沒有啊，我怕什麼，我是高興的啊！」

圖書室裡黑洞洞的，就像洗照片的暗室一樣。葉建華要拉開窗簾，吳大奇急忙攔了她說：「不行，會被發現的。」就聽「啪嗒」一聲，吳大奇拉著了頂燈，屋裡一下子被照亮了。

這圖書室，也就教室一般大小吧，卻要比教室擁擠得多，一排排高大的書架，如森林一般矗立著。書架與書架之間，窄窄的一條，只夠走動一個人的，讓葉建華不由得想起小時候捉迷藏常去的夾牆，看似不易被人發覺，但萬一發覺，就一定是死路一條。她不由得打了個冷戰，但很快就被滿眼的書、滿屋子的書香吸引了。她在書架之間來來回回地穿行著，房頂兩隻帶罩子的燈泡，將室內的前前後後照得通亮。吳大奇這時也不知去哪裡了，彷彿只剩了她一個，連書們也是陌生的，一本本地看過去，幾乎看不到幾本她認識的。忽然，一隻老鼠從腳邊竄了過去，她不由得驚叫一聲，才見吳大奇急匆匆來到了跟前。吳大奇沒理老鼠，任牠在書架之間竄來竄去的。葉建華說：「為什麼不趕走牠？」吳大奇說：「沒用，趕走了牠還會來的。」葉建華說：「你是怕牠吧？」吳大奇說：「嗯，有點吧。」見吳大奇答得老實，葉建華倒不由得笑了，她說：「來過幾回了？」吳大奇說：「十幾回了吧。」她說：「既是怕牠，幹麼還要來？」吳大奇說：「怕老鼠比起怕人，到底是不一樣的。再說，外面哪有這麼多的書看啊。」

葉建華見吳大奇手裡拿了兩本書，一本是《簡愛》，一本是《復活》，名字她都聽說過，只是沒看過。對外國小說，她有一種本能的拒絕，那長長的人名字讓她總也分不清誰是誰。吳大奇說，這是他剛剛看完的兩本書，他能肯定她會喜歡。原來他是為她找書去了。他不容置疑的樣子使她不得不把書接了，她聽到他又說：「一定要看啊，只要開了頭，保證你就放不下了。」

後來她和他就各捧了一本書看起來了。門口附近有一張課桌，兩把椅子，他們分坐在課桌的兩側，一個前面是白色的牆壁，一個前面則是一排排的書架。他們的胳膊肘擔在課桌上，書在手上攤開，就像兩個正在上課的學生一樣。

開始，葉建華還能注意到吳大奇翻動書頁的聲音，還有他時而要唸出來的句子。比如：「戰士啊，當你知道世界上受苦的不只你一個時，你定會減少痛楚，而你的希望也將永遠在絕望中再生了吧！」說得真好，他的普通話說得也好，只有在城市長大的孩子才會有這樣的聲音。葉建華方才意識到，他跟她一直就是這麼說普通話的，而她也不由得一直隨了他說來著。要知道，她的普通話是只有在課上老師提問時才肯說的。他看似一臉的孩子氣，其實有太強的感染力呢。還有他看的那本書，她也注意到了：約翰．克利斯朵夫，好長的一串名字啊。

漸漸地，葉建華就完全地被書俘擄了，再也聽不到外面的什麼了，就連吳大奇時而出口的普通話，她也聽不到耳朵裡了。

她看的是夏洛蒂．勃朗特的《簡愛》。邊看她邊悔恨著自己，只為人名字就拒絕看外國小說，多麼淺陋無知啊。

簡愛說：「我意識到，片刻的反抗已經難免會給我招來異想天開的懲罰，於是，我像任何一個反抗的奴隸一樣，在絕望中下了個決心，要反抗到底。」

簡愛說：「我愈是孤獨，愈是沒有朋友，愈是沒有支持，我就得愈尊重我自己。」

簡愛還說：「彼此平等——本來就如此！」

一個在逆境中的女孩子，雖說絕望，卻有反抗的決心；雖說孤獨，卻堅持要尊重自己；雖說受歧視，卻義無反顧地要追求平等，這個平凡的相貌平平的簡愛，這個偉大的心靈高貴的簡愛啊！

葉建華發現自己是真的被簡愛迷住了。她從不知道，外國小說裡還有這樣的人物，她不必總想著集體和國家，不必總想著階級和階級的鬥爭，她只要想著自己的事就可以了。就是說，自己的事才是大事，自己的心靈才最要緊，誰若對這心靈有所傷害，就差不多是天塌了，地陷了，任誰說上一萬條大道理都不行了，因為無論社會需要，無論人生準則，都抵不上一顆心靈的重要，對自己來說，心靈就是一整個世界吧！

當然，這樣的人物在中國當下是擺不到檯面的，他（她）只能和集體綁在一起，在集體中才可能有他（她）的名字。因此，葉建華也只能悄悄地對簡愛迷戀著了，她都沒去想跟身邊的吳大奇述說，甚至沒去想簡愛還是吳大奇介紹給她的，簡愛眼下，彷彿只可能是她一個人的朋友，最知己、最知己的朋友了。

她身邊的吳大奇顯然也正迷戀著那個約翰・克利斯朵夫，他已不再有誦讀的聲音，只書頁翻動得稍顯急切，這頁還沒看完手指已將另一頁掀起來了，生怕誤了什麼似的。

他們就這樣讀啊讀的，時間在他們這裡像是加快了，轉瞬間一小時就過去了，轉瞬間兩小時就過去了，轉瞬間午飯時間就到了……。他們的肚子開始「咕咕」地叫著，試圖引開他們的視線，可轉瞬間他們就又聽不到了。某一刻，吳大奇咕咕叫的肚子到底是戰勝了他，他從口袋裡掏出個牛皮紙包著的燒餅，掰一半給葉建華，自個兒則將另一半三口兩口吞進了肚子。葉建華沒有推辭，一口一口地吃著，眼睛卻不離書上的文字。他們自始至終沒有對這忽然而至的午餐說一句話，好像它壓根兒沒發生一樣，好像說了它就褻瀆了簡愛和約翰・克利斯朵夫一樣。

外面的世界同樣是安靜的，沒有一個人到這種地方，偶爾會有隻野貓，跑到門邊嗅來嗅去的，又躍上窗臺在玻璃上撓啊撓的，像是探到了屋裡的什麼祕密。奇怪的是，在他們安靜讀書時，屋裡的老鼠也安靜下來了，躲在某個角落裡閃動著小眼睛，一動不動。只那野貓撓玻璃時，才慌了手腳似的亂跑上一陣。這時兩人會忽有警覺，跑到窗口靜靜細聽，判斷不是人弄出的動靜，才重又安下心來，回到原來的位置。這時兩人會有幾句簡短的對話，或關於書的，或關於別的什麼，但都不想延續下去，因為各自手上的書早已等不及了。

兩人就這樣一直到了太陽落山。葉建華對太陽落山毫無感覺，吳大奇則是從門縫看出來的，他說，天一黑屋裡的燈光老遠就會被人發現，窗簾也擋不住。葉建華這才想起他的燒餅，她說：「看不出你還是個細心的人啊。」這時，吳大奇朝她燦然一笑，她看到他嘴角翹得高高的，愈發地像個孩子了。她說：「可惜，書不能帶回去，今兒怕是睡覺都要想著了。」他說：「那就明兒早點來吧。」

當時他們誰也沒想過將書拿回家去，好像書只要越出圖書室一步，事情的性質就變了。他們也許都想過「造反有理」之類，但造反和造反到底是不一樣的，那其中的道理他們說不清楚，但事到臨頭，他們卻是有不由分說的界限的。

第二天，他們又去了圖書室。這一回，葉建華背了隻書包，書包裡裝了飯盒，飯盒裡則是兩個饅頭和兩塊煎製得黃亮亮的豆腐。這是母親為她準備的午飯，因為她對母親謊稱說這幾天學校批判會安排緊張，中午不能回去了。她的家離學校有十里地，吳大奇的家離學校也是十里，他們一個農村，一個城市，一個在學校以東，一個在學校以西，若將他們的家和學校連接起來，正好是一條直線。他們卻誰也沒問起過對方，來了就徑直奔向書架，取了自個兒要看的書，在自個兒的位置坐了下去，好像家在這些書面前是個俗物，羞於提起似的。他們一坐就是一天，除了往肚子裡塞點東西，實在顧不得別的。可有一天他們發現，老鼠像是一天比一天多起來了，膽子也大了不少，開始在他們面前堂而皇之地走過，開始發出「唧唧吱吱」的叫聲，甚至有時還敢爬上他們的腳面……。他們自是大驚，喊一聲：「反了你們了！」結果最多只有半分鐘的安靜，半分鐘之後，更多的老鼠會圍上來，小眼睛鼓鼓的，看看他們，又看看桌上的食物……

顯然是食物招惹的結果。後來，他們就把食物換成了水果糖，揣在衣兜裡，時而拿一塊含在嘴裡，竟也是可以一坐一天的。水果糖先是由吳大奇帶來，葉建華驚喜他的辦法，第二天自個兒就也帶了。吳大奇奇怪地問她：「農村也有賣的？」葉建華說：「你咋知道我是農村的？」吳大奇說：「農村人都不怕老鼠。」葉建華說：「我沒有不怕啊。」吳大奇說：「敢跟老鼠共處一室，就算是不怕了。真怕的人，在這兒是一刻也待不下去的。」葉建華說：「那你也不能算怕的，你也是農村人。」吳大奇見葉建華較真的樣子，不由得笑了，說：「我也是，我也是。」葉建華卻不放過地說：「你想是興許農村還不收呢，別以為農村就是收容站，農村人就低人一等。」這時葉建華的臉色已是有些不好看了，吳大奇說：「呵，看把嘴噘的，好像我說了農村人什麼壞話似的。」葉建華說：「你沒說嗎？農村人不怕老鼠，差不多就等於說，農村人跟老鼠是一夥兒的。」

葉建華認真地說著，臉上還泛起了紅暈。吳大奇看著葉建華，忽然哈哈地大笑起來。葉建華愈發地氣道：「有什麼好笑的？有什麼好笑的啊！」

吳大奇止了笑說：「城市人、農村人，對你就那麼重要嗎？」

葉建華說：「不是對我重要，是對你們重要。」

吳大奇說：「我可從沒覺得重要。」

葉建華說：「你否認是因為你還沒意識到，沒有農村人，你們城市人哪來的優越感啊？」

吳大奇說：「你這一說，我倒真覺得有點道理，也不知城市人有什麼好優越的。現在的紅衛兵也一樣，在學校說了算，在馬路上也要說了算，看見有騎車帶人的，手一指人家就得下來，不下來圍上去就問人家什麼出身。凡沒戴紅袖章的人，都低了一等似的。」

葉建華看看吳大奇的紅袖章，譏諷地說：「好像你不是紅衛兵一樣。」

吳大奇說：「我是，可我沒有優越感，真沒有。」

葉建華說：「奇怪。」

吳大奇說：「有什麼奇怪的，你不是也沒有優越感？要有就不會在這裡了。」

葉建華說：「我跟你可不一樣，我不是。」

吳大奇說：「不是什麼？」

葉建華的表情好像比吳大奇還要吃驚，顯然是沒想到自個兒會說出來。她索性坦承道：「不是紅衛兵，袖章是我自個兒做的。碰到不認識的人，好歹不會低一等。」

吳大奇看著葉建華，好像不知該說點什麼。

葉建華索性又說：「我出身上中農，又生在農村，是雙料的低人一等，足可以讓你有優越感了。」

吳大奇沉默了一會兒，忽然走近葉建華，用那隻大手拍了拍她的肩膀，然後說道：「知道我剛才為什麼笑嗎？」

葉建華搖搖頭。

吳大奇說：「因為《簡愛》，葉建華，你沒覺得你身上已經有簡愛的影子了？」

葉建華說：「你是說我在模仿簡愛？」

吳大奇說：「你看，你看，簡愛就是這樣子。」

葉建華說：「什麼樣子？」

吳大奇說：「風還沒吹來，翅膀就先乍起來了。」

葉建華說：「那是因為的確有風吹來。」

吳大奇說：「葉建華你放心吧，我永遠不會做那股風的。」

葉建華說：「可你的確優越。」

吳大奇說：「你說的優越是別人眼裡的，你眼裡的我不是並不優越嗎？」

葉建華看著吳大奇，臉上不由得浮出了笑意，她還是第一次聽人說出這種區別，她覺得是大家眼裡或者說社會給予的人和真實的人的區別。不知為什麼，她忽然生出一種強烈的願望，她特別想和吳大奇說一說簡愛和簡愛喜歡上的那個羅切斯特了……

五

葉建華和吳大奇都是剛看完《簡愛》的，幾乎是一樣地熟知，一個說起哪章哪節，另一個立刻就接了上去。熟知便熟知，看法卻有不同，比如對簡愛和羅切斯特的相愛，葉建華認為之間的情感波瀾細如髮絲，卻又波濤洶湧，她最喜歡看他們的引而不發，弓都繃得緊緊的了，猜想是射出去的好時候了，卻又忽然鬆弛下來，重又回到了原來位置。吳大奇聽罷卻連連搖頭，說他最不喜歡的就是他們太過敏的神經了，兩人明明相愛，卻又都不肯直說，一會兒這樣想，一會兒那樣想，進一步退兩步的，看著都替他們著急。葉建華說：「這樣的描寫才真實可信。」吳大奇就說：「你怎麼知道真實，你又沒談過戀愛。」葉建華一下子臉紅了，說：「我是沒談過，想必你是談過的了？」吳大奇倒大大方方道：「我也沒談過，所以真實不真實的，壓根兒就沒去想。」葉建華也很快恢復了自然，說：「倒不是喜歡看他們的『過敏』，而是喜歡看細如髮絲的心理描寫。不過話又說回來，若沒有你說的過敏，哪來的細如髮絲的心理描寫？就說中國小說，一部部地數數，哪一部的心理描寫能寫成這樣？」吳大奇說：「說起心理描寫，我也是喜歡的，不然為什麼拿給你看？不過中國小說也有中國小說的好，比如《水滸傳》，那一個個的人物，看過就忘不了的。不要說一百單八將，一些配角也叫人過目不忘，就說王婆，攛掇潘金蓮和西門慶見面吃酒，對他們察言觀色，一分、二分、三分……，只神態變化就寫到了十分，多麼細緻，你能說不是心理描寫？」

葉建華也是看過《水滸傳》的，那是她看的第一本大書，之前一直是看小人書的。可今天的《簡愛》，她覺得才應該算作真正的第一本，因為從沒有一本書像《簡愛》這樣入心入肺，像《簡愛》這樣可以讓她不思其他，包括和這樣一個素不相識的男生每天每天地共處一室。

葉建華拿起那本《復活》，翻開她正看到的一頁。她不想再和吳大奇談論下去，雖說《簡愛》是因他而來，她心存感激，但他和她顯然是談不攏的，倒不如抓緊時間多看幾本書，也許還能遇到比《簡愛》更好的呢。

但吳大奇卻將她翻開的書扣在桌上，說：「慢著，話還沒說完呢。」

葉建華說：「什麼話？」

吳大奇說：「《水滸傳》，我說到了《水滸傳》。」

葉建華說：「我不想說它。」

吳大奇說：「你不認為它寫得好嗎？」

葉建華說：「不認為。」

吳大奇說：「為什麼？」

葉建華說：「因為它不如《簡愛》。」

吳大奇說：「哪裡不如？」

葉建華說：「哪裡都不如。」

吳大奇說：「比如呢？」

葉建華說：「看不出你還是個死纏爛打的。」

吳大奇說：「因為我還是頭一回聽人說它不好。」

葉建華說：「比如殺人，像踩死個螞蟻，個個都是臉不變色心不跳的，而簡愛的舅媽，對簡愛算是最最冷酷無情了，可臨終前還要把簡愛召回到身邊，說一番表示悔恨的話出來。而簡愛更是寬容大度，對過去的苦難隻字不提。這要放在《水滸傳》裡，簡愛還不手起刀落，讓早已沒了還手之力的舅媽人頭落地？」

吳大奇不由得笑道：「小說和小說，我也是頭一回聽人這麼比的。」

葉建華不理吳大奇，繼續說道：「就算一百單八將是被逼上梁山的，也不能想殺哪個就殺哪個；想想這世上的人，哪個沒有被逼過，就說簡愛，當初在舅媽家被逼成什麼樣子，可她選擇的不是殺人，而是一種……自個兒的成長。對了，應該叫精神的成長，而《水滸傳》裡的人物是看不到精神的。還有《三國演義》，開篇第一句話就是：『天下大勢，分久必合，合久必分。』它講大勢，不講個人，個人只是大勢裡的一顆棋子。而《簡愛》的第一句話是什麼：『那一天不可能去散步了。』聽聽，多麼個人，多麼親切啊！」

吳大奇看了葉建華一會兒，忽然說：「我敢說，這些天來我做得最正確的一件事，就是把《簡愛》給你看了。」

葉建華說：「我也是，最正確的一件事，就是沒拒絕你給的《簡愛》。」

吳大奇說：「繼續說，你應該還有話說。」

葉建華說：「沒有了。」

吳大奇說：「不可能。」

葉建華說：「為什麼不可能？」

吳大奇說：「因為剛才說到《水滸傳》的時候，你一直是緊鎖眉頭，好像不單是不喜歡它。」

葉建華說：「我鎖眉頭了？」

吳大奇說：「鎖得好緊。」

葉建華說：「我咋沒覺得？」

吳大奇說：「任何看法都離不開當下的，我猜，你以上的話應是跟紅衛兵有關吧，紅衛兵不能想抓哪個就抓哪個，想鬥哪個就鬥哪個。」

葉建華否認說：「我可沒這麼想。」

吳大奇說：「怕什麼，我就是這麼想的。」
葉建華說：「不是怕，是真沒這麼想，紅衛兵又不是被逼急了才造反的。」
吳大奇說：「倒也是，可你那時候想的是什麼呢？」
葉建華說：「不知道。」
好像是被吳大奇追問的，葉建華忽然有些煩躁，她猛地站起身來，兀自在桌前走了幾步，終是不足以釋放她的煩躁，便走向書架，在書架之間的過道裡快步走著。過道的盡頭是一面牆壁，牆壁上掛了塊黑板，黑板上大大地寫了幾個粉筆字：知識就是力量。
粉筆字顯然還是運動前寫的，現在這樣的說法再也聽不到了，知識，連同講授知識的老師，都統統被造了反，知識已經是反動的代名詞了。
黑底白字，字是雙筆道，粗細不均，斷斷續續的，像是捏了兩隻粉筆頭兒寫的。葉建華看著，就覺得那些字在一筆筆地分散開來，變成了一隻隻的粉筆頭兒，而這粉筆頭兒，每一隻都是向她攻擊的利器……
正是看《水滸傳》的時候，那凶巴巴的女老師朝她扔過來的，好疼啊……
其實她一直是個乖學生，課堂上看課外書還是頭一回，可鐵面無私的女老師像對待調皮學生一樣對她實行了攻擊。粉筆頭兒正打在她的額頭，就像一顆尖厲的石子。她用手捂住額頭，又一隻粉筆頭兒閃電般打在了手上。她疼得換了另一隻手，老師卻連發三隻，另一隻手同樣也慘遭痛擊。

女老師連發粉筆頭兒，是她一向懲罰學生的習慣，她也許沒什麼，但對葉建華卻是奇恥大辱。她已經上五年級了，已經不是沒心沒肺的小屁孩兒了，為什麼她（老師）就不能問一問呢？粉筆頭兒就那麼迫不及待麼？又不是一群羊，誰不聽話就抽一鞭子。更可惡的是，她還不由分說地把《水滸傳》沒收去了，她說：「翅膀還沒長上呢就想飛了，掰了指頭數數，認識幾個字啊？」

女老師說話一向就是這麼難聽的，同學們都習慣了。可葉建華偏偏不能習慣，她的淚水一串接一串的，她還不自量力地伸出手來，要老師將書還給她。老師也伸出手，狠狠打在了葉建華的手掌上。葉建華忍了疼，依然挺了手掌，死也不肯放下。她說：「書是我借來的，我得還給人家。」她這樣子把所有同學都驚呆了，老師也驚得忍無可忍，終於將那本《水滸傳》舉得高高的撕了個粉碎……

葉建華看著粉筆字，忽然明白吳大奇說的「皺眉頭」了，想必是真的了，想必是因那《水滸傳》帶給她的不快了。

其實不只是老師，還有她的姑姑、姑夫。

因為《水滸傳》是姑姑家的，有一次奶奶帶她去姑姑家，見她在姑夫的書房裡對那些書看了又看的，便提出選幾本給她回家看去。奶奶雖大字不識一個，卻會講整本的書段子，《水滸傳》、《西遊記》都給葉建華講過，她總說：「你將來不能跟我一樣，瞎講瞎講的，哪兒錯了也不知道。」誰料想姑姑卻堅決不同意，說一個小孩子家，小人書還不夠看啊，再說書是人家的，她也做不了主啊。「人家」說的就是姑夫，當初姑姑是上趕著嫁給姑夫的，因為姑夫是城裡人，有工資掙，有樓房住。也不知從什麼時候起，城市和農村就是天上、地下一樣地分明了，多少農村姑娘，做夢都想嫁到城裡去，多少農村小夥，做夢都想有一份城市工作，可一紙戶口早把人們箍得死死的了，任你怎樣地做夢都不可能實現了。姑姑在這事上卻是個例外，因為她長得太漂亮了，姑夫一眼就看上了，寧願姑姑沒城市戶口、沒城市工作也認了。當然也因為姑夫長得又黑又矮，在城市他不可能找到姑姑這模樣的。當初相親時奶奶是極反對的，她說姑姑：「你可要想好，吃人家的、花人家的，就得看人家的眼色了。」姑姑卻說，只要能去城市，看眼色就看眼色。果然，結婚後姑姑的工作就是侍候姑夫，一個侍候男人的家庭婦女，不看人家的眼色又能怎樣呢？即便後來姑姑有了一份工作，這個家姑夫還是要說了算，因為姑姑的看眼色讓姑夫早已習慣成自然，稍有不恭，他便被冒犯了一般難以容忍。姑姑從沒敢請奶奶到家裡住上幾天，奶奶也從不到她家去，那次帶葉建華去，一是因為知道姑夫出差，二是為了葉建華，奶奶說：「孩子啊，你該出去見見世面了。」

那次奶奶帶葉建華，先到戲院看了京劇《三娘教子》，又到公園觀了亭榭樓閣，然後到百貨大樓見識了商品的琳琅滿目，到書店見識了書的浩大繁多，最後到姑姑家時，已經是吃晚飯的時候了。

其實葉建華並不高興去姑姑家，姑夫看她的時候從沒露出過笑容，像個陌生人一樣；姑姑則總是挑剔，嫌她不上趕著叫姑夫，嫌她又呆又笨，姑姑說：「看看人家城市的孩子，長得洋氣，還小嘴甜得八哥一樣，你咋就不說話呢，又不是個啞巴。」有一次她甚至抻拽了她的衣服說：「快扔了吧，村氣死了，誰給你做的啊？」她本要怪罪她的嫂子、葉建華的母親，可沒想到奶奶接過去說：「我做的，咋的了？忘了你是咋長大的了？」奶奶一說話姑姑就不敢說什麼了，但她對農村人的態度自始至終跟姑夫保持著一致。她是個喜歡美、嚮往美的女子，她真的認為農村是醜陋的，而城市是美好的。

姑姑卻是不喜歡看書的，姑夫的書房她只負責清潔和向人炫耀。姑夫其實也看得不多，坐在書房大都是姑姑正忙家務的時候，只要往書房一坐，姑姑無論多忙心情也是好的。但姑姑多少年裡都不知道，姑夫從沒看完過任何一本書；她只知道，所有的書都是姑夫早逝的父親留下來的。奶奶曾和姑夫聊起過《水滸傳》和《三國演義》，這種家喻戶曉的書，姑夫卻連人名都含含糊糊。姑姑替姑夫辯解說，人家不看那些沒用的，像醫藥啊、科技啊，才是人家感興趣的。奶奶才不信姑姑的辯解，因為奶奶認定姑夫這種人除了他自己，對什麼都不會真正感興趣的。奶奶曾觀察過姑夫的吃飯，他不顧人，喜歡哪個菜自個兒「吧嗒，吧嗒」猛吃，連姑姑也不知讓一讓。

因此在姑姑拒絕為葉建華選書時，奶奶說了句讓姑姑困惑不解的話：「給孩子看總比讓你們糟蹋了好。」姑姑說：「我們咋糟蹋了？」奶奶翻出一本書遞到姑姑眼前，姑姑不由得大吃一驚，就見一隻書蟲正爬在書頁裡呢！原來，姑姑平時只打掃書櫥的表面，櫥裡的書從不察看，許多書動都沒動過一下。在奶奶的堅持下，姑姑不得不答應下來，但提出兩個條件：一要打個借條，二要給每本書包上書皮。理由是書是人家的，損壞了、丟失了都不好交代。奶奶一指頭戳在姑姑的額頭說：「沒出息，你就那麼怕他啊？」可為了孫女，奶奶還是忍氣答應了姑姑。

在葉建華站在書櫥前興奮地一本本選書的時候，她聽到姑姑不滿地說：「媽呀，你對孫女比對閨女可好多了，小時候也沒記得你帶我來城市逛逛，就知道讓我幹活兒，九歲就納上鞋底子了。」奶奶說：「那是你對針線感興趣，誰穿了新鞋、新衣服，你都看呀看的沒個夠。什麼人什麼命，我倒巴不得你像建華呢。」姑姑說：「既是喜歡她，你幹麼不給她買幾本書，書店裡什麼書沒有啊？」葉建華半天也沒聽到奶奶的回答，就聽姑姑說：「媽呀，跟你說話呢，咋不理我呢？」奶奶還是不答。姑姑說：「生氣了？我又哪句話說錯了？」這時，葉建華看到奶奶徑直朝自個兒走過來，臉色很不好看，只問：「選好沒有？」葉建華說：「才選兩本。」奶奶說：「就先兩本吧，趕緊打借條，打完借條咱就回家。」葉建華只好聽奶奶的，拿了選好的書轉向書桌，開始在姑姑早已備好的白紙上打借條。

這時的姑姑便有點傻，連連地追問奶奶咋回事，說：「晚飯都做好了，你這麼摸黑回家，不是打我臉麼？」奶奶說：「許你打我的臉，就不許我打你的臉？」姑姑說：「不過說了句買書的事就是打你臉啊？」奶奶說：「你有錢花才幾年啊，忘了村裡的日子是咋過的？挨家挨戶地問問，誰家有過買書的閒錢？今兒看戲的錢，還是我攢了多少年的體己。你哥嫂汗流浹背地幹一年，到頭來不過分上幾毛幾塊，遇上壞年景，興許還要倒貼生產隊，過年新衣服都沒得穿，平時醬油醋都捨不得打，可你這做閨女的，不聞不問也罷，反倒來指責你媽，你也配吧！」

奶奶一旦拿定主意，是誰也攔不住的，那天祖孫二人果真就沒留下來，相互攙扶著，一直摸黑走回了村子。姑姑送出了奶奶很遠，一路給奶奶賠著不是，還打了自個兒的耳光，可到底也沒讓奶奶回心轉意。第二天姑姑又騎車專程來給奶奶道歉，買了點心，帶了十幾本書，還給了奶奶幾塊零用錢。不過趁奶奶去廁所時，姑姑恨恨地看了葉建華說：「你要記住，這些書不是為你，是為了你奶奶，我可不想落一個不孝的名聲！」葉建華問她這些書要不要打借條，她說當然，葉建華就去找紙、找筆。她說：「不用找了，我這兒帶著呢。」葉建華卻不理她，兀自打開抽屜拿了自己的紙筆。姑姑說：「知道我為什麼不喜歡你嗎？你就是這麼不聲不響地叫人難堪，小小年紀你哪兒學來的啊？」葉建華低頭寫著借條，眼淚「吧嗒吧嗒」地落在紙上。姑姑一下跳起來說：「看看，看看，又來事了吧，我是打你了還是罵你了？你是成心哭給奶奶看的吧？」一會兒奶奶進來，問葉建華咋回事，葉建華說沒事，姑姑說：「你這孩子，咋說沒事呢，咋就不能把剛才的事說一遍呢？」奶奶說：「行了，行了，我早聽見了，孩子不說是給你留著面兒呢，這都不懂，以為都跟你似的，凡事光想著自個兒，聽聽說的那些是人話嗎？」姑姑說：「媽呀，我就知道，在你眼裡我咋說、咋做都是錯的，既是這樣我索性就醜話說在前頭，這些書最好一星期看完，一星期後她姑夫回來，我可不想兩邊都不高興。」

姑姑這次回來，和奶奶仍是不歡而散。奶奶要建華不用管它一星期、兩星期的，沉下心來慢慢看，看書又不是做鞋，腳丫子等著呢。雖這麼說，葉建華還是記住了一星期，她可不想再挨姑姑的數落。於是她晚睡早起地看，課上、課下地看，結果《水滸傳》就遭遇了那個凶巴巴的女老師了……

姑姑對此卻不相信，懷疑葉建華是竊為己有。為了證明自己葉建華跑到學校垃圾堆裡找到了《水滸傳》的部分碎片。沒想到姑姑卻更惱了，她說：「撕了就撕了，還跟個小特務似的去找證據，找到證據想把你姑咋著啊？小小年紀你也忒陰險了吧？」

讓葉建華更難過的是，奶奶為這事開始頭疼，重的時候疼痛難忍，輕的時候也是昏昏沉沉，奶奶請村裡的針灸大夫不知扎過多少回，卻總也不大見效。頭疼的事奶奶始終沒跟姑姑說過，直到幾年後去世。好在那十幾本書葉建華都仔仔細細地看完了，除了《水滸傳》和《三國演義》，大都是解放後出版的革命小說，如《林海雪原》、《青春之歌》等等。姑夫的書櫥裡也有不少外國小說，姑姑大約覺得葉建華是看不懂的，便一本沒拿。葉建華果真在一星期看完了那些書，還給姑姑後就再沒借過。她不肯借，奶奶也再沒提過，像是那十幾本書有千斤重，再也沒辦法承受更多的。但書的「重量」也讓葉建華記得出奇地牢，在沒書看的日子，她便一本本地講給奶奶聽，奶奶忍了頭疼聽得無比地開心。就連對書的事不大關心的父親、母親，有時也會湊過來聽上幾句。他們本覺得看這種書最沒用，還不如幫他們挑一擔水、餵一回豬來得實惠。可有一回聽著聽著，母親手裡的鞋底子都忘了納了，父親沏好的茶水都忘了喝了，這讓他們自個兒也沒想到。他們只說：「看看，沒用吧？耽誤事了吧？」

不過也就是說說，葉建華做什麼、不做什麼，父親、母親其實是全由了奶奶的。後來奶奶去世，他們哭得死去活來，他們認為奶奶的死跟頭疼有關，而頭疼又跟姑姑有關；而姑姑也哭得昏天黑地，她認為奶奶是太累了，哥嫂只顧了掙工分，家務活兒全扔給了奶奶，而奶奶最疼的孫女又只知道看書。不過父親、母親和姑姑是一種客氣、疏遠的關係，他們沒有爭吵，只把這些話各自說給了葉建華。葉建華一聲不響地聽著，心裡卻一遍遍響著另一個聲音：「奶奶是為我而死的，奶奶是為我而死的……」終於，有一刻這聲音由內而外，熱浪滾滾地衝破了喉嚨。這聲音撕心裂肺，使心有隔閡的家人們個個都目瞪口呆。從此，他們像是都怕了葉建華，再也不跟她提起奶奶的去世了……

葉建華的目光久久地停留在圖書室的黑板上。

吳大奇慢慢地走了過來。

待葉建華意識到吳大奇就在身邊時，那些從沒跟人提起過的往事，忽然就如同決了堤的江水，是想攔也攔不住了。

接下來，是葉建華說，吳大奇聽，兩人在說話中度過了很長時間。但兩人都是愉悅的，誰也沒為占用讀書時間而有些微的不耐煩。

但他們都沒想到，危險卻正在向他們一步步地靠近：十幾個紅衛兵，因為要尋找老師毒害他們的證據，正押了一戴高帽子的老師義憤填膺地往這裡來了。

愈來愈近的喧嘩聲有一刻到底讓他們警醒過來。吳大奇走近窗口，從窗簾的縫隙向外觀看，一行人馬竟直奔圖書室來了。

兩人都有些慌，對視片刻，吳大奇忽然一拉葉建華的手說：「跟我來！」

吳大奇帶葉建華來到對面的窗口，拉開窗簾，打開窗子，兩隻大手一用力，就將葉建華扶上了窗臺。吳大奇說：「快跳，跳下去跑得愈遠愈好，不用等我。」葉建華說：「你還幹什麼？」吳大奇說：「書，咱們的書！」說罷推一把葉建華，便自個兒往書桌那邊去了。

葉建華無奈地跳下窗，窗後不遠處是一排廁所，她便躲進女廁所，從磚壘的十字窗裡觀望外面的動靜。

吳大奇說的那幾本書，應是放在書桌上的《簡愛》、《復活》和《約翰．克里斯朵夫》，葉建華明白吳大奇是要把它們收起來，以防闖進來的人竊為己有，想必吳大奇，已是將那些書視為知己了。可這種時候，搶救它們就可能連自個兒也難保呢！

時間分分秒秒地過去，總也沒看到吳大奇的身影，只聽到圖書室裡亂糟糟的，除了口號聲、叫罵聲，似還有木棒敲擊書架的聲音。葉建華眼睛一眨不眨地盯了窗口，心卻一點點地下沉著。明知吳大奇是不可能在窗口出現了，她仍固執地等了又等，直到有人關上窗子，拉上了窗簾，直到那刺耳的喧嘩聲徹底平息下來。

這本是個晴朗的下午，可不知為什麼天黑得格外地快，樹梢上的陽光剛剛消逝，夜幕就迫不急待地降臨了。葉建華跑到圖書室看了又看，門窗關得死死的，屋裡漆黑一團，就像什麼都沒發生過。她不得不離開了，一個人穿過空闊的操場，一個人走出校門，一個人走在回家的路上……。其實以往也是一個人的，可這一天，葉建華孤獨的感覺出奇地強烈，終於，洶湧的淚水奪眶而出……

第二天一大早，葉建華就趕到了學校。她從同班同學那裡得知，昨天紅衛兵在圖書室抓到了個小偷，小偷是開後窗跳進去的，書抱在懷裡還沒來得及偷走就被發現了。一群人一陣拳打腳踢，誰知那小偷不禁打，幾下就不行了。葉建華急問：「不行了是什麼意思？」那同學搖搖頭說：「別人都是這麼說的，不行了，也許是說傷得厲害，也許就是死了。聽說是那幾本書害的，有人要他把書交出來，他死也不交，一群人這才動的手。」葉建華聽罷，不管不顧地就去找昨天批鬥老師的紅衛兵。幾經打聽，到底是找到了，葉建華張口就問：「吳大奇他咋樣了？」他們一臉的警覺，說：「你怎麼認識吳大奇？」葉建華說：「他到底咋樣了？」他們倒問：「你什麼出身？」葉建華這才有些害怕，額頭都有汗冒出來了。她說：「我是他家親戚。」他們似乎看出了她的怕，再次逼問她：「什麼出身？哪班的？」她自知瞞不過，只好實話實說了。他們說：「一個上中農，有什麼資格對我們問來問去的？」她看實在問不出了，只好又去找吳大奇的同班級同學打聽。誰知那些同學並不比別人知道得更多，好在一個好心的同學，把吳大奇的住址寫給了她。她攥了地址，拔腳就往城裡去了。她想，吳大奇啊，這下總算要找到你了。

誰知，走啊走的，好容易找到地址，門上卻是一把大鎖。問左鄰右舍，都搖頭不知，說：「昨晚還亮著燈，想必是一大早走的吧。」眼看沒了希望，卻不知從哪兒跑來個小孩子，看了葉建華說：「我知道，大奇哥哥回東北了。」大人們就喝斥那孩子：「又胡說，誰跟你說回東北了？」孩子說：「大奇哥哥早就說過，這地兒太熱了，早晚要回東北去。」葉建華問：「昨晚你可見著大奇哥哥了？」孩子搖了搖頭。葉建華又問大家：「可知道他東北的家在哪兒？」大家說：「孩子的話你還真信了？就算人家去了東北，也不可能留地址給我們啊。這麼匆匆忙忙招呼都沒打一個，想必是躲還躲不及呢。」

原本覺得事情都要水落石出了，卻沒想到，一下又絕了希望。葉建華不知自個兒怎麼走回家的，心中的無望和傷慟，似比奶奶去世時還要不堪忍受。

後來的日子，葉建華就再也沒去學校了。她又去過吳大奇家幾次，門上永遠是一把大鎖，風吹雨淋的，那大鎖都生鏽了。她倒是感謝那座中學，好歹給她留下了兩個一聽就心生親近的名字，一個是吳大奇，一個就是吳大奇介紹給她的簡愛。後來她掰了指頭細細地數過，她和吳大奇在圖書室裡整整待了六個白天，那之後，就再也沒有過那樣的好日子了。

由於《簡愛》，外國小說在葉建華心裡的位置已遠超國內小說。她多少次地想著姑姑家的書房，有一天終於忍不住，硬了頭皮就往姑姑家走。眼看要到姑姑家門口了，那本被撕碎的《水滸傳》忽然莫名地放大起來，大得足夠擋住通向姑姑家的道路。她呆呆地站了一會兒，終於長長地嘆一口氣，還是轉身往回走了。

六

葉建華在校後樹林裡的「長途跋涉」，很快就和藍音分享了。

葉建華還從沒有過這長時間的述說，和別人在一起，她通常是個傾聽者。她明白全由於藍音善解人意的眼神，她倆對書本雖常有爭論，但離開書本，就彷彿又會無條件地親近起來。

當然也許還由於是夜晚的緣故，到了第二天，燦爛的陽光把陰影都映得明朗了許多，藍音像是忽然對昨晚的故事有了反省，她定定地看了葉建華說：「我到底也想不明白，《在約伯的天平上》和你有什麼關係？」葉建華怔一怔說：「我也想不明白，可它就是有關係的。」

到了晚上，她們從日光燈照耀下的教室往宿舍走，一段長長的道路，上方是昏暗的路燈，對方的模樣都看不大清了。

昨天晚上，她們就是這麼一路走一路說的，走走停停，停停走走，也就十分鐘的路程，卻走了整整兩個小時。

許多時候，許多同學，都在這走走停停中經歷著心與心的呼應和碰撞，人其實是需要這呼應和碰撞的，也許只是一個瞬間，但瞬間有時也會出現強大的永恆感。當然也會相反，話語的碎片撒了一路，卻隨說隨丟，不要說心與心的呼應，就是說過的聲音和內容，轉眼間也可能消失得蹤跡全無。

葉建華和藍音之間，自是絕不肯要這種瞬間消失的廢話，這一回，變成藍音說，葉建華來聽了。

葉建華以為藍音要說說羅蘭・巴特的，卻沒想到她說的是她自己。她說是葉建華的「長途跋涉」害得她昨晚沒睡好不說，今天上課還總走神兒，要是不把她的心之所想說出來，今夜她怕是又要睡不好了。

藍音開口先問葉建華：「那個吳大奇，是不是你的初戀？」

葉建華搖搖頭，肯定地說：「不是。」

藍音說：「不管不顧地打聽他的下落，不怕羞辱，不怕懷疑，不怕跑路，不是戀情才怪。」

葉建華說：「要知道，他救了我，有恩於我，你不要動不動就往戀情上扯。」

藍音說：「好吧，不扯你，我扯我自己，扯我自己總可以吧？」

葉建華明白藍音是有話要跟自個兒說了，便不再吱聲，腳步也不由自主地停下來，靜靜地聽著。

藍音把聲音放得較低，頗有私密的意味。她們身旁是一棵半大的白楊，藍音時而倚在白楊挺拔的樹幹上，要為自己的說尋找力量似的。常有同學或老師從甬路上走過，看到她們悄悄私語的樣子，人家便選擇甬路的另一邊行走。她們倒也不去注意，彷彿將聲音放低不是為怕人家聽見，而實在是由於話語的性質。

藍音說：「知道嗎葉建華，你的初戀是在初中，而我呢，小學五年級就開始了。」

葉建華說：「跟你說過了，我那不是初戀。」

藍音說：「好好，不是，不是。其實我覺得你是讓一種情結給遮蔽了。」

葉建華說：「什麼情結？」

藍音說：「平等的情結。」

葉建華吃驚地看看藍音。

藍音說：「因為不平等，你就總關注平等，於是初戀來了都不知道。」

葉建華自個兒可從沒認真地想過這事，現在由藍音忽然提出，眼睛不由得亮了亮，但嘴上卻說：「又來了，又來了，不是要說你嗎？」

藍音說：「好吧，好吧，說我，說我。」

藍音咳了幾咳，有點做作地做著準備，使葉建華感覺前面那些話其實是藍音有意的拖延，就像那些私密於藍音實在難開口似的。

藍音首先說的是她的初戀，但說得有些心不在焉，彷彿她想說的不是這個。果然，藍音有些不耐煩地把手一揮，忽然中斷了對初戀的述說。她說：「葉建華，其實我是想跟你探討一個問題，一個女人，她可不可以不斷地……不斷地移情？」

葉建華看出了藍音有些艱難，這艱難她昨天也剛剛有過，她期待地望著藍音。

藍音說：「跟你說實話葉建華，我就是一個不斷移情的女人。從初戀開始，我的戀情幾乎沒有間斷過。」

葉建華稍稍有些吃驚，但還是保持著平靜，好像藍音說的不過是人之常情。

藍音說：「你一點不吃驚？」

葉建華只笑了笑，從情理上她一定是不欣賞不斷移情的，但回想一些往事，她自個兒也不是沒有過移情，她想，一兩次和三四次和更多次，又有多大區別呢？

接下來，便是藍音講她一段一段的移情故事了。奇怪的是，每次移情她都不是心甘情願，因為她同時還欣賞傳統的白頭到老的觀念。可戀情來了，她又常常地不能自拔。為此，她不得不最終選擇了單身生活。她從前是有過婚姻生活的，和丈夫也算恩愛，但短暫的情感上的分移她覺得是對丈夫的不公，她不想那樣。

藍音反覆強調著她的傳統觀念，卻也毫不掩飾她的移情過程，一分一秒，一絲一毫，細緻入微。比如她第一個戀愛意義上的男友是和她同廠同車間的工人，因為兩人都喜歡文學而走到了一起。可兩年之後，在一次文學活動中她認識了一位大學老師，這老師極善言詞，又頗有風度，脖子裡總愛圍一條卡其色圍巾。活動結束後，這條圍巾就總在藍音眼前晃來晃去的。關鍵是，告別時那老師還特意為她寫了地址，說是歡迎她隨時上門交流。圍巾和地址攪得她心煩意亂，她幾乎每天都下一回去老師家登門拜訪的決心，可一見著男朋友就又充滿歉意。同時她也開始發現男朋友的諸多毛病，比如愛喝酒，一喝酒話就多，話一多就露馬腳，知識貧乏不說，還罵罵咧咧滿嘴粗話。當然，當然，工人們都這樣，比起其他工人他算好的，可比起那大學老師呢？還有他的脖子，永遠袒露著，不繫領扣，也不繫圍巾，買一條圍巾送他還是不繫。有一回逼他繫上了，竟沮喪地發現他的脖子是不適合圍巾的，繫上還不如原來的袒露好看。好像就是從那一刻，藍音忽然意識到自己已經不愛他了。那一刻著實把她嚇了一跳，很多天裡她都不敢正視。可該來的到底還是來了，她拜訪了那位大學老師，她中斷了和男朋友的戀愛關係，她自是很快就陷入了新的情網……

藍音說：「葉建華你一定會說我淺薄，我自個兒也覺得那時的我的確淺薄，估計今天再遇上他，我是絕不會再動心了。你看咱們聽了多少名家講座，哪個名家不是魅力四射的，我的心卻已是堅如磐石了。」

葉建華說：「我想是那位老師把你傷得不輕吧？」

藍音說：「你怎麼知道？」

葉建華說：「因為一年遭蛇咬，十年怕井繩嘛。說說下一位吧。」

藍音說：「下一位就是後來的丈夫了。」

藍音的丈夫比藍音小了六歲，是一充滿了激情活力的應屆大學生，平時藍音叫他小弟，他則管藍音叫姐姐。兩人在一起，藍音感覺是最好的一次，為把這感覺鞏固下來，也為她自己再不會有下一位，她很快就和他登記結婚，建立了家庭。她還計劃第一年就要孩子，但小弟強烈反對，他堅持三年之後再考慮，但三年之後藍音自己先取消了這計畫，因為她已經不可救藥地從另一位男友那裡看到了與小弟早晚會分手的前景。

藍音沒有再講那另一位，只說：「三年，三年就像一個命定的數字。」她和每個男友的關係都沒有超出過三年。

藍音的聲音是憂傷的，乾乾淨淨的臉在路燈的照射下有了很大一塊陰影，而裸露的部分相比之下有一種動人的悲愴。

楊樹旁，路燈下，兩個竊竊私語的女人。葉建華覺得正有另一個葉建華跳出她們之外，靜靜地打量著她們。

葉建華不想有那另一個的存在，她全力拉起藍音的手，快步地走了一會兒，然後又在一棵楊樹旁、一盞路燈下停下來，重複著剛才的情景。

藍音說：「怎麼了？」

葉建華說：「沒什麼。」

可那另一個葉建華不甘心被落下，很快就又跟了來。她的存在很是抑制了葉建華因藍音而生的憂傷，葉建華只好無奈地用了一種自己都不喜歡的語氣說道：「真理不依賴邏輯，真理是生活在矛盾之中的。」

藍音說：「你的意思，是我尋求的是真理，是可以理解的？可是，我倒更喜歡羅蘭・巴特說的：『遊蕩……他這才明白自己命中註定要在愛情中遊蕩，從這一個到那一個，直至生命的終結。』『我不能停止遊蕩，這是因為很久以前，還在遙遠的童年時代，我就被畫押獻給了想像之神，使我深受話語衝動之苦，不停地說「我愛你」，不停地飄流，直到對方接受這句話，並給我回覆；但誰也無法承擔不可能實現的答覆（無法成立的完全性），於是，遊蕩繼續進行。』」

正有兩個小女生從她們身旁走過，小女生好奇地望著她們，直到走出她們頭上那盞燈的籠罩。

藍音放低些聲音說：「說實話，葉建華，若沒有羅蘭・巴特，打死我我也不敢說出來的，包括對你。」

葉建華說：「哼，敢做不敢說，可不像你藍音的性格。」

藍音說：「好啊，葉建華，你敢擠兌我！」

葉建華笑了說：「對人說出來和在心裡說是不一樣的。」

藍音說：「是啊，在心裡是雜亂的，說出來好像變得清晰了。」

葉建華說：「藍音，其實從心裡，我並不認為羅蘭・巴特說的多適合你。」

藍音說：「什麼意思？」

葉建華說：「羅蘭・巴特的話讓我忽然感到，與其說是移情，還不如說你是在尋找愛情中的平等感。」

藍音說：「看看，看看，又是平等。」

葉建華說：「我真心這麼認為，移情只不過是種表象，尋找平等也許才是實質。」

藍音說：「我看你真的是困在『平等』裡出不來了。」

看葉建華不吱聲，藍音說：「下面說出來的人該是你了。」

葉建華說：「我……我還沒準備好呢。」

藍音說：「準備什麼，又不是演出。」

葉建華說：「現在？」

藍音說：「現在。」

葉建華說：「真不行，我真還沒準備好。」

藍音說：「奇怪。」

葉建華說：「你剛才說我困在『平等』裡出不來了。」

藍音說：「怎麼了？」

葉建華說：「我得把它好好想想，想清楚了再說。藍音，這對我很重要，我不想我們之間的談話只局限於那點私密。」

藍音立刻高興地表示同意，她說：「我竟無意中說出了重要的話，哈哈，好啊，那就等你吧，等多長時間都行！」

七

有些東西，是需要特意去正視的，不然就很難將它看得清楚，比如平等情結。

葉建華先是覺得，這情結應來自多少年來的城鄉差別，而城鄉差別，又來自城鄉戶口對人的鎖定，龍生龍，鳳生鳳，生在城裡和生在鄉下，命運就註定是天壤之別，要想改變幾乎沒什麼可能。可所有的人都是在這差別裡生活的，每個人每天都在感受著這不平等，她葉建華有這情結還不是太正常？若沒有才是咄咄怪事。就好比她的姑夫，原本是在農村出生，只因八個月就被在城市工作的伯父領養，便和其他幾個親姐弟有了天壤之別，吃穿用不必說，只幼兒園、小學、中學、大學，這一個個的人生階段，就比農村不知優越多少，更別說無論能力大小，到時必有一份工作，那每月掙到的幾十塊錢，雖說不上多，於農村姐弟也幾乎是個夢想。而事實上姑夫的弟弟比姑夫不知要聰明多少倍，但念完小學就被迫停學回村裡扛鋤頭了，因為家裡只父親和母親兩個勞力，張口吃飯的是七口人，糧不夠吃，年底分的紅還不夠買一床棉被；而姑夫的伯父，每月都是有錢拿到手裡的，每月的錢都遠超過買床棉被的錢。葉建華清楚地記得，姑姑家的書櫥裡放了薄薄的一沓十元紙幣，估摸有一百多元，卻足可令她吃驚了，那麼多錢，卻放得那麼隨意。而在她的記憶裡，自個兒家從沒有過那麼多錢，跟母親要一塊錢，母親還要從衣櫃裡那個帶鎖頭的小木盒裡小心翼翼地拿給她。葉建華從小就是在這種差別中長大的，她的那些農村女伴們一生最大的理想，便是做一個吃商品糧的城市人了。她們中很有幾個和姑姑一樣的，以嫁人的辦法實現理想。結果理想是實現了，不平等卻是依然。因為城市和鄉村的印跡在人身上是無處不有，它們就像一枚永久的印戳，時時提醒著雙方的出身，若是沒有愛情的婚嫁，這印戳便會愈發地醒目了。

好在葉建華的理想，並不像農村女伴們那麼實際，城市她一定是嚮往的，有一份無憂無慮的城市工作她也嚮往，但這嚮往有些模糊，就彷彿一座海市蜃樓，美麗誘人卻又若有若無，確定的一座城市，確定的一條街道，確定的一份工作、一個家庭，在她這裡都是沒有的。她心裡有的，反更是眼睛看不見的，有些虛無，有些不那麼物質，就像平等這樣的東西，當然還有其他。久而久之，這些似已在心裡生了根，不去想也必是在那裡了。直到後來的一天，有機會和一個城市中人相遇，內心虛無的東西才真正站立起來，變成了有力的對抗的武器。

沒錯，是武器，男女間的情感看似柔軟，但內心深處的武器從不曾消失過，稍稍有一點風吹草動，這武器便警覺地醒過神來，開始做戰鬥的準備。一切的緣由都是因為雙方離得太近太近了，什麼什麼都看得真真的，若這真恰是相悖的、不合拍的，就遠不是城鄉差別的事了，就是比城鄉差別深遠得多的除了對抗再也想不出任何辦法的事了。

那是個曾當過十年兵的城市人。

站在男人群裡，他顯得很一般，個頭兒不高不矮，身材不胖不瘦，面目不醜不俊，只是嗓門兒很大，見人喜歡先打招呼，底氣足的，句句都像是用了丹田氣。在部隊他已經是營級幹部了，若待下去還會有提拔的機會，但不知為什麼就不待了。據他說是部隊要開到南方去，他不想離家太遠。而小道消息說他是在部隊犯了什麼錯誤，能轉業有個工作就算不錯了。他轉業的單位是個一百多人的區屬建築隊，因此人們大都傾向後一個說法，若沒犯錯誤，好好的個人兒怎麼肯來這種地方？

他在這裡的職務是隊長兼黨支部書記。建築隊的一百多人半數來自周邊農村，另一半有從其他建築隊調來的，有城市街道的無業遊民，還有少量的勞教釋放犯。這樣的人員組成，管理的難度可想而知。據說區委為物色人選傷透了腦筋，找誰誰都一口拒絕，就在這時，一個叫洪偉剛的轉業軍人出現了，一談，竟是二話沒說，痛痛快快就上了任了。

這時，葉建華也剛來到建築隊不久。她可不是人家求來的，恰恰相反，她是三番五次求人家來的。求到的，不過是一名建築隊的臨時工，隨時都可能被人家辭退的。可她不在乎，她出來不為別的，就為透口氣，甭管什麼單位，把這口氣透出來，不至於窒息而死就可以了。她求的是她的父親，她的父親又去求他的髮小，髮小是管這事的大隊幹部，上邊破天荒要招幾個建築工人，年輕人哪個不心動啊。可這大隊幹部的髮小太多了，不是髮小的也以別的理由找上門來了，村裡的姑娘、小夥一個個的都憋壞了，一紙戶口把人捆綁得，再不出去透口氣幾乎都要活不下去了。所以，葉建華要透口氣的理由和大家一樣，太一樣了，你要透口氣，別人也要透口氣，憑什麼就輪得到你呢？正發愁苦思呢，忽然又傳來了新消息，說是那建築隊離村子太遠了，恰在城市的西南角，離這在城市東北角的村子足有三四十里，來回就是七八十里，不要說步行，就是騎自行車也得倆仨鐘頭呢。苦倒不怕，日子久了，自行車胎也得換上幾條，掙那仨核桃倆棗，還不夠車胎錢呢。據說那仨核桃倆棗還要交回生產隊換成工分，一天的工分還不值五毛錢，唉，這種工人，不當也罷！這樣一來，找那大隊幹部的人立時就少起來了，那大隊幹部還趁機勸他們說，有一回就有二回，這回招得不好，下回說不定就好了呢。他們聽著，便更打定了不去的主意。決意要去的，便只剩了幾個身有技術的瓦工、木工什麼的，他們是抱了轉正的目的，希翼一個最終的結果的，若是有朝一日轉成城市戶口，每月有一份現錢花，幾條車胎錢又算得了什麼呢？這其中，唯有葉建華是不計得失的，多少年來，雖說過得不那麼富裕，生活的重擔卻一直是在父母肩上，從沒讓她操過什麼心。當然她也沒想過操心，除了讀書，便是呆呆地想書，至於周圍的現實，她看都不想多看一眼，乏味，無聊，甚至骯髒，就像一潭死水，連道波紋都難吹起來。在她的感覺裡，農村以外的世界幾乎是和書裡的世界相提並論的，因此這樣的機會，她簡直看作了她生存的一線生機。她問父母：「你們捨得咱家的自行車嗎？」父親說：「就不知將來能不能轉正，若轉不了，自行車不是白搭進去了？」母親立刻不屑道：「想那麼遠幹什麼，能出去就好，有了第一步就不怕沒有第二步。」葉建華驚喜地看著母親，她發現自從奶奶去世之後，母親像是在處處學著奶奶的處世為人。不過父親說那話也是有他的緣由的，自行車是爺爺去世前留給他的，爺爺曾是一名市中醫院的大夫，很多年裡他都騎了自行車穿行在城市、農村之間。那時的戶口還十分鬆動，村裡有一技之長的人，很容易就能在城市找到工作。爺爺的去世自是一大損失，除了微薄的一點存款，自行車就算是這家裡最值錢的東西了。姑姑出嫁時曾想以自行車做陪嫁，都被奶奶果斷地擋下了。到了父親這一輩，戶口突然就劃了道鴻溝般把城市和農村割裂開來了，父親便再也沒機會像爺爺一樣騎了自行車來來回回地穿行了。葉建華對父親說：「我不是瓦工也不會木工，轉正肯定是不可能的。你要捨不得自行車，我就天天走著去上班。」葉建華的話就像一篇宣言一樣不容置疑，這時的父親，除了把自行車擦得錚明瓦亮，乖乖地交到女兒手裡，他還能有什麼辦法呢。

葉建華比洪偉剛早到一個月，她被分配在了鋼筋組。每天一把鐵鉤子，一身肥大的工作服，把冷硬的鋼筋綁成大大小小的框架。它們是水泥板的筋骨，活兒不算重，卻責任重大。鋼筋組組長是個愛嘮叨的老頭兒，他每天都要說上無數遍的責任重大。水泥組和鋼筋組都在建築隊的大院兒裡，院子裡排滿了水泥組的預製水泥板。攪拌機每天「轟隆轟隆」地響著，預製水泥板的製作則發出更加刺耳的呼應。鋼筋組就在這巨大的噪音中占了一角，不過是一個用油氈和葦席搭成的工棚。緊挨了工棚，是一排磚砌的辦公用的平房，隊長、設計、預算、會計、保管什麼的都在那裡。在工棚裡綁著鋼筋，一抬頭便可看見從平房進進出出的人們。院子裡沒有一棵樹，正是八月的季節，工棚的蔭涼便顯出了寶貴。要不是這點蔭涼，葉建華估摸自個兒早就堅持不住了。她萬沒想到，朝思暮想的外面世界竟是鋼筋水泥的世界，比乏味的農村還要乏味呢。

若只乏味也好了，水泥組那邊，兩個面目醜陋、凶惡的壯漢，每天都在欺侮一個叫小八子的孩子。他們把裝滿石子、水泥的推車交給小八子一個人，看他齜牙咧嘴艱難行進卻甩手旁觀。他們還吆喝牲口似的吆喝他，用皮帶當鞭子抽打他，要他喊他們一聲「爹」才肯饒過他。小八子看似孩子，其實也二十好幾了，只是沒及時地發育起來，他先是不肯，兩個壯漢一人揪住他一隻耳朵狠狠一提，逼得他到底還是喊了。那聲音像被宰殺一樣，聽了會令人心驚。水泥組、鋼筋組的人，卻沒一個去管他們，或者看也不看，或者看了反倒說那小八子自找的，誰讓他要個頭沒個頭、要力氣沒力氣呢。葉建華正為小八子抱不平，卻有一天，小八子悄悄溜到工棚隔壁的更衣室，偷走了一名女工的乳罩。乳罩是水泥組的人發現的，女工聽到消息便跑了去，狂怒地抓住小八子，搧他的臉，踢他的褲襠，揪他的頭髮，還當了所有圍觀的人，扒開了他的褲子。這下原本還有點緊張的人們一下子哄笑開了。「小八子啊小八子，這麼小的雞雞，也就只能偷一偷人家乳罩了，你他媽的還能幹什麼呢？」從此，葉建華連抱不平的心都沒有了，和一群渾渾噩噩的人在一起，平與不平似是沒有界限的。這三個人，連同那名女工，都還是城市長大的，張口滿好聽的普通話，每回聽到，葉建華都不由得要四處尋覓，以為是另外的人說出來的，就如同聽到鳥說人話的感覺。

這一個月裡，葉建華也像當年的爺爺一樣，來來回回地騎車在城市、農村之間了。許多人向她投來羨慕的眼光，好像她是一隻飛出籠子的自由的鳥兒，飛到哪裡都是好的。她自個兒騎在車上，也以笑容回報著大家，可心裡想，他們哪裡知道，下了車就又是一個牢籠了呢！

葉建華跟父母也沒多說什麼，每天七八十里的路程已是筋疲力盡，睡前還想看幾頁小說，可總是一頁還沒看完，眼皮就止不住地打起架來了。有一天父親忽然說：「實在累就還回來吧。」葉建華說：「我說累了嗎？」父親就不再吱聲，只把自行車擦得亮亮的，車氣打得足足的，車座、車把、車鏈子什麼的也都查看一遍。父親做這事也不知從什麼時候開始的，有一天葉建華終於注意到，便說：「明兒一騎又髒了，不是白擦啊？」父親說：「車什麼樣，人就什麼樣，一出門人家都看著呢。」葉建華說：「誰愛看誰看，跟他們有什麼關係！」父親說：「跟他們沒關係，跟我有關係，我可不想讓人家說我閨女又髒又懶。」葉建華說：「為的倒是我了，還以為是心疼你那自行車呢。」父親說：「自行車也心疼。」葉建華哼一聲說：「我就知道。」雖這麼說，再到建築隊，葉建華便學其他人的樣子，趁了中午休息的空閒，將自行車推到大院兒中央，用那養護預製板的水管子沖啊洗啊，再找來塊布頭擦呀擦的，就看自行車變得亮閃閃的，太陽一照，陳舊的幅條、車圈都閃出光來了。再騎回家，父親果然滿臉的喜色，說：「好，好，我閨女長出息了。」葉建華說：「要是擦擦自行車就是長出息了，那這出息還是給你吧。」以後，擦自行車的事葉建華果真又幹得少了，除非碰到下雨天，泥土糊滿了車子，不用水管子沖一沖車軲轆都轉不動了。而父親，依然是每天擦呀擦的。葉建華倒也不是懶惰，她每天上班都是要帶本書看的，她才不想把中午那點空閒每天每天地耗在擦車上。她自是明白父親對車子的愛惜，但她更習慣父親對她的無奈和縱容。她常常覺得，父親就像是一棵大樹，可以倚靠，可以擋風蔽雨，同時也可以不必理會。一個人若是不理會他，他仍能關心你、愛護你，這個世界上她想也就是父親這個人了。

讓葉建華沒想到的是，後來有一天，身為隊長兼黨支部書記的洪偉剛竟也給葉建華擦起自行車來了。

那是洪偉剛到建築隊後的第二個星期。正是吃午飯的時候，大家各自從灶房裡拿了熱好的飯菜開始吃起來。飯菜是自個兒帶的，灶房只管做一鍋菜湯，提供一個吃飯的棚屋。從前菜湯是沒有的，棚屋也沒有，都是洪偉剛來之後添加的。大家對菜湯有興趣，對棚屋卻不大理會，提上飯盒就各回各組了，棚屋新備下的桌凳都空空的。誰想洪偉剛是個較真的人，一個一個地叫，一屋一屋地轟，直到一個不落地全在棚屋落座。他說：「吃飯是吃飯，工作是工作，工棚、辦公室裡一股飯菜味兒還怎麼工作？」這麼轟趕了幾回，大家也就只好認下了棚屋了。這倒也罷了，洪偉剛還帶頭嚐別人的飯菜，他自個兒的飯菜也讓別人品嚐，再加上他的大嗓門兒，一頓飯吃下來喊聲不斷，笑聲也不斷，倒像是一大家子人在吃飯一樣。

其實，洪偉剛要的就是一家人的感覺。吃飯時，他在一個座位上從沒待上過兩分鐘，端了飯盒一會兒這裡、一會兒那裡的。他跟誰都有話說，跟誰都是一臉的喜興，就像多少年前就認識似的。短短一星期，他就把隊上所有人的名字記住了。吃飯時，猛地叫一聲某某，人家便會一怔，不相信他會知道自個兒；從前的隊長別說名字，模樣還辨不大清呢。

葉建華的名字就是這麼叫出來的。有一天葉建華提起飯盒本想悄悄地回工棚去吃，誰知剛走幾步就聽有人「葉建華，葉建華」地喊起來。葉建華心裡一沉，回頭去看，果然就是新來的隊長。她謊稱菜落在工棚裡了，他就說：「那就把飯盒留下，把菜拿到這兒來。」她說：「來回跑的工夫飯還不涼了？」他說：「涼了我負責給你熱。」她說：「就這一回，一回還不行嗎？」他說：「不行，大家都在等你呢。」她便笑道：「我才不信，又不是大鍋飯，誰等誰呢？」她也不知哪兒來的膽量，轉身就往鋼筋組走。她是實在不想這麼鬧哄哄地吃飯了，她不想吃別人的，也不想讓別人吃自個兒的，別人家的飯菜，沒一個對口味的，有一回讓人硬逼著吃了一口，幾乎都要吐出來了。新隊長的做法，倒是讓相當多的人拍手叫好，說：「這隊長不可小瞧，吃飯都能把大家攢到一塊兒，幹活兒還用說麼。」有人還說，外面的工地他也都跑過了，瓦工組組長、油漆組組長平時牛皮哄哄的愛理誰呀，可跟洪偉剛，竟是「哥們兒、弟兄」地叫起來了。

這些事葉建華是不關心的，隊長跟她有什麼關係？況且眼下她離開的決心已下了大半，有膽量不聽隊長的執意回了工棚也是這決心在做底。不過她剛吃完，書拿在手裡還沒來得及看呢，就見一身綠軍裝的洪偉剛找上門兒來了。

這是葉建華沒想到的，她不過一個臨時工，值得他這麼大駕光臨麼？大駕光臨又怎麼樣，最不濟把她開除出去，倒也正合了她的心願呢。她便把書本合起來，冷眼看著他，等待他開口說話。

葉建華坐在工具箱上，洪偉剛則搬了隻小板凳坐在她的對面。她看他的目光是居高臨下的，她覺得這有點滑稽，就像她是他的領導一樣。

但此時的洪偉剛可不是喜興的，平滑的沒什麼特點的臉有點嚴肅，因為嚴肅還頗有點威嚴。

就聽他說：「你看的是《紅樓夢》吧？」

葉建華怔了怔，沒吱聲。

洪偉剛說：「我沒看過，但我知道是講一個大家庭的事。」

葉建華仍沒吱聲。

洪偉剛說：「大家庭裡總是要有一個說話算數的人，沒有這樣的人，早晚要散攤子的，葉建華你說是吧？」

葉建華想，就要扯到正題上來了，對你是正題，對我可就不是了。葉建華不答，反另闢話題道：「洪隊長，明天我就不來上班了，您能跟會計說一聲，下午把工資給我結算一下嗎？」

洪偉剛顯然沒想到她有這話，他說：「為什麼？」

葉建華說：「不為什麼，就是不想幹了。」

他說：「不想幹就不幹了，以為是小孩過家家呢？」

葉建華說：「洪隊長，我的身分您還不知道吧？知道了您肯定就不會來找我了。」

洪偉剛說：「什麼身分，不就是臨時工麼，在我眼裡正式工、臨時工是一樣的，正式工不能想走就走，臨時工也不能想走就走！」

葉建華說：「我不但不是正式工，還不是任何一種技工。」

洪偉剛說：「不是技工的人多了，要都是了技工，小工的活兒誰來幹啊？」

葉建華說：「洪隊長，這些道理您不必跟我講，反正我是要走的，您還是省點力氣，去管您真正的下級吧。」

葉建華有意用了「您」字，以讓自己把跟前的隊長和村裡的生產隊長區別開來。她覺得洪偉剛真正的原因還是午飯，她當眾折了他的面子，讓他那個「大家庭」無端地少了一個，他的惱火可想而知。

這時，坐在小板凳上的洪偉剛忽然站了起來，他來到葉建華面前，改為居高臨下地來看葉建華了。就聽他說：「你當真要走？」

葉建華迎了他的目光，毫不畏怯地說：「當然，我剛才說過了。」

不過洪偉剛的目光裡，好像並沒有想像中的專橫，好像只跳動著幾分急切，葉建華聽到他說：「那晚幾天行不行？」

葉建華不解其意，嘴上說：「行啊，一個月都過來了，還在乎這幾天？不過我這麼個無足輕重的人，早幾天、晚幾天的有什麼要緊？」

洪偉剛說：「當然要緊，咱這隊上，有件事還非你不可。」

葉建華說：「什麼事？」

洪偉剛說：「寫標語。」

葉建華說：「什麼標語？」

洪偉剛說：「鼓勁的標語。」

葉建華說：「寫幾條？」

洪偉剛說：「我得把標語貼得到處都是，甭管幹活兒，甭管吃飯，甭管走路，甭管上廁所，讓人哪哪都能看得見。」

葉建華不由得有些想笑，她問：「你怎麼知道我能寫標語？」

洪偉剛說：「我是誰，不知道就不會來找你了。」

葉建華猜他也許是聽與她同村的人說的，村裡的黑板報、標語之類的活兒她確是都參與過，她的黑體字、仿宋字什麼的一上手就很是樣子。不過她參與主要是為了逃避幾天莊稼活兒，莊稼活兒太累了，還要忍受太陽的直曬，還要忍受可惡的生產隊長的管制……。葉建華又問：「你來就為了這個？」

洪偉剛說：「是啊，當然也希望你不要清高，要和大家打成一片。一個單位要緊的是個關係，關係好了就什麼都好辦了，你說是不是？」

葉建華沒有答話，只問：「標語是上班時間寫嗎？」

洪偉剛說：「不行，這事還真得委屈你犧牲點個人時間，抓革命促生產，關鍵還是在生產上，咱生產不能耽誤。就中午吧，中午委屈你少看一會兒書吧。」

葉建華驚異他看書的事竟也知道，她有意說道：「不只看書，自行車還得擦呢。」

洪偉剛說：「看書幫不了你，擦自行車還不好辦，甭管了，會有人給你擦的。」

事情說定了，洪偉剛轉身要走的樣子，忽而又停下，看了葉建華說：「一個人吃飯是要自在得多，可不隨大流，反而要引人注目，甚至招來非議，到時你就會知道，是一個人自在還是待在人群裡自在了。」

洪偉剛走了，葉建華從身後看著他，發現他的軍裝已有些發白，但洗得乾乾淨淨的，褲前還挺了筆直的褲線；走起路來有些好笑，胳膊一甩一甩的，就像走在隊伍裡一樣。他的軍帽像是沒戴實，棚外的風一吹，忽然一下子跑了好遠，他只好停了甩胳膊，手忙腳亂地撿軍帽去了。葉建華看著，想笑卻又笑不出來，他那自在、不自在的話仍在耳邊響著。她自是不能同意他的話的，反正都是不自在，她寧願要一個人待著的「不自在」。可是，他的語氣裡明顯又透著對她的關心，他也是說普通話的，普通話透出的關心似格外地有點暖心。她想，不管怎樣，比生產隊長還是好多了，生產隊長動不動就罵髒話、看誰不順眼就給誰小鞋穿的劣習在他身上好像還沒看見。但讓她更沒想到的是，後來給她擦自行車的，不是別人，竟是洪偉剛自個兒！

那是個太好的天氣，陽光照射在沒有樹木的建築隊的大院兒裡，彷彿到處都跳躍著刺眼的亮光。中午，大家在工棚下睡覺的睡覺，打牌的打牌，擦車的擦車。辦公室那邊，隊長的門大開著，葉建華拿了支寬大的排筆，在花花綠綠的彩紙上寫著黑體大字。旁邊還有幾個觀看的人，邊看邊聲聲讚嘆：好，寫得好！」他們都知道這女子把字寫完就要離開了，這樣的才女，幹麼要留在這種鬼地方呢。「新隊長也真有他的，是人都要為他所用，要走了還要人家加班加點，莫不是……莫不是對人家不動聲色的報復？」聽到人們這樣說，葉建華不由得笑起來，說：「沒有，沒有，是我自個兒願意的，我喜歡寫字。」這一說大家就更誇獎起葉建華了：「瞧這閨女，字好人也好，難得呢。」

正說著，忽然就有人往門外一指：「看啊，隊長在幹嘛呢？」大家望去，說：「擦車唄，有啥稀罕的？」那人說：「擦車是不稀罕，擦的車不能說不稀罕吧？」大家再看，可不，那車不是隊長的，隊長平時擦的是輛二八飛鴿，這會兒擦的卻是輛不明牌子的舊車呢！

猜來猜去的，忽然就有人一拍腦袋：「遠在天邊近在眼前，那不是才女的車嘛！」

葉建華聽說，猛地一怔，顧不得放下排筆便跑到門口，就見不遠處的太陽底下，一輛被沖得乾乾淨淨的自行車立於成片的預製水泥板之間，一個身著白襯衣、綠軍褲的人正拿了塊抹布，貓了腰，探了頭，一根一根地擦拭著車輻條。沒錯，那正是她葉建華的自行車，擦車人也正是隊長洪偉剛，綠軍褲上，挺了筆直的褲線。她注意到，他一直貓了腰，擦很低的地方也不肯蹲在地上，想必是為了那褲線吧。

葉建華回到桌前，繼續心定神閒的樣子寫著大字，但那個貓了腰的身影，那輛閃了亮光的自行車，卻久久在眼前晃動著。她聽到有人說：「這洪隊長，最大的優點就是沒有架子。」另一個就說：「沒有架子固然好，可也不必大小事都親力而為。」又一個說：「你們懂什麼，以為人家就是個隊長啊，人家還是個男人呢。」大家便哄地笑起來，邊笑邊看著葉建華。葉建華呢，這時正在寫一個「團結」的「結」字，她像所有的力量都用在這字上，壓根兒沒聽見他們的話一樣。

八

很快地，花花綠綠的標語便貼得哪哪都是了。牆壁上，棚席上，工棚的柱子上，攪拌機上，水泥預製板上，堆放的鋼筋盤條上……，所有抬眼看到的地方，全都是葉建華的字了。有橫幅的，有豎條的，有黑體字的，有行楷的，甚至各辦公室的白牆上，也都貼了方方正正的一幅，字是工整的仿宋，看上去就如印刷體一般的。

再看標語的內容，人們不由得就有些想笑，全都是日常的大白話，報紙上常說的政治標語，倒是極少看見，諸如：「出門帶傘，上崗遵章。」「多幹活兒，少說話，不罵人。」「工作要像擦你的自行車一樣用心。」「飯在一起吃，勁往一塊兒使。」「一塊磚就是一座樓，一根鋼筋就是一座大廈。」「關係就是力量，團結就是保障。」「未曾說話先帶笑，善待身邊每一個不如你的人。」「建一棟樓關乎百年，油一扇窗緊繫萬家。」「緊緊拉住隊長的手不掉隊。」……等等，等等等。

標語都是洪偉剛自個兒先寫在一張橫格紙上，然後交給葉建華的。葉建華看了問洪偉剛：「哪條寫大字？哪條寫小字？」洪偉剛說：「都行。」葉建華詫異道：「都行？」洪偉剛說：

「要的是個氛圍，都行。」葉建華說：「像緊緊拉住隊長的手不掉隊……」洪偉剛說：「對了，這條大字、小字都要寫，多寫幾條，幹活兒、吃飯的地兒最好都能看到。」葉建華說：「不過覺得囉嗦了點，改成緊跟隊長不掉隊……」洪偉剛打斷她說：「不行，緊跟的話可是隨便說的？你可不能自作聰明胡亂修改啊。」這話讓葉建華好不舒服，她想，自作聰明胡亂編寫的倒有一個呢。

不過對這些標語，葉建華又不得不承認有幾分說不出的喜歡，至少它不照本宣科，全來自真實的所思所想。據說幾個副頭兒對它們很有意見，不只內容，寫標語本身他們也不以為然，覺得這種單位抓品質、抓安全就夠了，其他都是花架子。但他們沒能說服洪偉剛，洪偉剛憑了他的能言善辯，反將他們說得再無話可說。

不管怎樣，這些跟葉建華都將沒關係了，按照跟洪偉剛的約定，標語寫完葉建華就要離開了。

那是個天氣晴朗的下午，鋼筋組開始十分鐘的休息。葉建華從工棚走出來，朝隊長辦公室走去。她已跟組長打過招呼，今天是她在建築隊的最後一天；她的工資也已由會計轉到了生產隊。去隊長辦公室是因為中午吃飯時洪偉剛說：「下午到我辦公室一趟。」這話是當了所有人大聲說出來的，葉建華想不出會有什麼事，但她往那兒走的時候步子是輕快的，自從洪偉剛為她擦自行車之後，她對他便有了種莫名的親近感，明知他不過是為了工作，親近感卻不可抑制地增長著，以致午飯她都做了妥協：除了不和別人交換飯菜，她不再堅持回工棚，而是和大家一樣圍坐在一起了。她知道即便他沒叫她去，她也會去找他告別的，那告別也許是十分愉快的，如朋友一般的。

從鋼筋組到隊長辦公室不過兩三分鐘，但需要穿過水泥預製板之間的一條小徑，之後轉向直通辦公室的甬路。就在葉建華從小徑邁向甬路時，忽然感覺天一下子黯淡下來，朝天上看，原來是太陽鑽進了一塊雲彩裡。雲彩好大的一片，灰白的顏色，如海上的浪花在奔湧滾動。這本是常有的情景，卻不知為什麼葉建華覺得有些異常，往周遭看，除了滿院子的水泥板，看不到一個人影，攪拌機也停了，院兒裡少有的安靜。葉建華想，水泥組當然也在休息，有什麼好奇怪的呢？

隊長辦公室的門半掩著，葉建華輕輕敲了兩下，聽不到回音，又敲兩下，似有哭泣的聲音。推門進去，葉建華不由得吃了一驚，就見洪偉剛正坐在辦公桌前，兩手捧了臉，肩膀劇烈地抽動著，哽咽聲難以抑制地一聲響似一聲。

葉建華站到洪偉剛跟前，問他：「怎麼了？」洪偉剛抬起頭來，猛然抓住葉建華的一雙手，像個孩子似的問她：「怎麼辦？你說怎麼辦啊？」葉建華見他眼睛紅紅的，滿眼滿臉的淚水，心裡不由得更有些發慌，問他：「到底怎麼了？」他說：「建華，天塌了啊！」說罷又一次地泣不成聲起來。他的手將葉建華的手抓得緊緊的，要有所依靠似的；腦袋呢，由於哭泣幾乎抵在了葉建華胸前。

葉建華一顆心「撲通撲通」地跳著，眼前的洪偉剛，就像是換了個人，再也不是那個果決的任事要說了算的一隊之長了。胸前的腦袋散發著呼呼的熱氣，那雙手似乎又厚又大，已攥出了她滿手的汗水。還有那聲「建華」，呼喚親人一般的，真叫她對他有一種說不出的心疼了……

好在，洪偉剛很快停止了哭泣，他鬆開葉建華，轉身將辦公桌上的收音機擰開，然後說道：「毛主席他老人家……去世了。」收音機裡，果然正播放著低沉的哀樂……。一時間，葉建華怔在那裡，不知是該轉身離開，還是繼續聽下去好。這當然是個天大的重要消息，此刻的她當然應該和洪偉剛一樣悲痛難耐，可是，她的眼淚怎麼就毫無表現呢？她甚至還有一點點難以說清的失望，原來，洪偉剛對她雙手的緊抓，腦袋在她胸前散發的熱氣，跟她葉建華卻沒有半點關係呢。

這時，葉建華看見洪偉剛的目光正在自己的臉上，以為他也在質疑她的眼淚，正打算走開，卻忽然聽他命令的口氣說道：「建華，你去通知所有人，立刻到我這裡來聽廣播！」葉建華怔道：「我？」洪偉剛說：「當然是你，這時候了你還想離開建築隊嗎？」葉建華說：「那你找我……」洪偉剛說：「找你的事以後再說，反正你還得再待些天，估計少不了你的活兒幹。天都塌了，自己的事再大也得看作小事了。」

洪偉剛轉眼間就又換了個人，話說得斬釘截鐵的，迫使葉建華不得不去各組和各科室通知這事。人們大約都被這重大事件驚著了，顧不得去想通知這事的為什麼是葉建華而不是隊上那位應該負責這事的領導，便紛紛朝洪偉剛的辦公室奔去，有兩個女工，甚至在半路就「哇」的一聲哭出來了。

洪偉剛的辦公室擠得滿滿的，卻安靜得呼吸聲都能聽見。葉建華和幾個女工實在擠不進了，只得站在了門外。這時，就聽得不知哪個單位的高音喇叭也響起來了，毛主席去世的訃告和哀樂一遍遍地播放著，久久地盤旋在上空，彷彿整個宇宙迴響的都是這聲音了。葉建華抬頭去看天空，見那鑽進雲彩的太陽早已從另一頭鑽出來，離開雲彩好遠了；雲彩也不再是原來的一大塊，就像是堅冰破裂，變成了無數的碎片。看著看著，葉建華忽然想，這世界上，什麼才是永久不變的呢？

不知是誰，第一個「嗚嗚」地哭起來了，而後是集體的痛哭。在這龐大的哭聲中，葉建華的眼淚終於也撲簌簌地落了下來。

第二天，果然就有了一級一級傳下來的指示，設靈堂、戴白花、哀悼八日等等。葉建華在這其中，做花圈、寫大字、剪製胸前的白花、縫做臂上的黑紗，一時間，竟成了建築隊最忙的人。那剛剛貼上去的花花綠綠的標語，無疑不再適應當下的氣氛，在搭設靈堂的同時，洪偉剛也下令撕下了那些無處不在的標語。代替它們的是，靈堂內全國都在張貼的三條句式：「偉大領袖毛主席永遠活在我們心中；繼承領袖遺志將革命進行到底；化悲痛為力量爭取更大的勝利。」它們用白紙黑墨寫成了肅穆的黑體字，而那些五顏六色的標語則被扔進了大門外的垃圾堆。葉建華的心裡五味雜陳，她去看此刻的洪偉剛，見他眼睛通紅，臉色晦暗，眉頭皺得緊緊的，額頭和下巴，平白地起出了幾個白頭紅皰來。貼標語是他，撕標語也是他，又是出於非撕不可的事件，想必他心裡的痛苦是更多幾分的。彷彿是為安撫這痛苦的男人，葉建華心甘情願地做著一切。由於用心，一切都做得圓滿無誤，難有挑剔。人們像沉浸在這重大事件的氛圍裡，對她的忙碌都普遍沒太在意，只洪偉剛有一天忽然低聲對她說了句：「謝謝你，建華。」那是她剛從靈堂走出來，路過洪偉剛辦公室門口聽到的。洪偉剛站在門口，像是就為了等她，像是就為了跟她說這句話。在她的印象裡，他還是第一次這麼低聲地說話，親切，私密，明顯只限於他和她的。這讓她一整天裡耳邊都響著他這語音，目光還不可抑制地捕捉他的身影，只要那身影一晃，踏實、愉悅的感覺便如潮水般浸洇了身心。

時間一天天地過去，葉建華的目光難逃眾人的眼睛，有一天一個女工忽然問她：「這回就留下不走了吧？」葉建華說：「為什麼不走？」女工倒也直率，說：「走了還能天天見到那個人嗎？」葉建華說：「哪個人？」女工說：「眼裡拔不出來的那個人唄。」說完便「呵呵」地笑起來，在場的幾個人也笑，讓葉建華好不尷尬。原來還有些猶豫不決的她當下就下了走的決心，她可不想成為人們的笑柄，她和他，一個城市，一個農村，一個一隊之長，一個臨時工，怎麼可能？況且他結沒結婚、有沒有女朋友她都一概不知呢。

眼看到了第八天頭上，葉建華來到洪偉剛的辦公室，再次提起了離開之事。洪偉剛這些天在靈堂夜夜值班，一臉的疲憊，他望著葉建華，半天才問道：「一定要離開嗎？」葉建華點點頭。他又問：「為什麼？」葉建華說：「不喜歡。」他說：「不喜歡單位還是不喜歡人？」葉建華說：「都不喜歡。」他說：「不對吧，至少有一個人你是喜歡的。」葉建華的臉立刻紅了，說：「這跟離開是兩碼事。」他說：「我看就是一碼事，你要真喜歡他，是不會一而再、再而三地要求離開的，而他，倒是一而再、再而三地要你留下了。」

洪偉剛的話已是如此地明白了，他的眼睛也亮亮地望著她，等待她明確的答覆似的。這是她完全沒想到的，太快了，好像剛剛遠遠地聽到一點雷聲，這邊雨點就迫不急待地落下來了。她避開他的目光，極力平靜著自己，她說：「你說得對，我不知道自個兒是真喜歡還是僅僅是一種好感。」他說：「甭管喜歡，甭管好感，我都高興，因為我有耐心，早晚有一天你會留在我身邊趕都趕不走的。」她說：「我可不喜歡『趕』這個詞，若真有這事，我會在被趕之前自動離開的。」他說：「那你就不是真喜歡。」她說：「我覺得愈是喜歡一個人，就愈不能給他加任何的負擔。」他說：「我倒巴不得給我負擔，負擔愈重你就愈依賴我，愈依賴我就愈不會離開我了。」她說：「恰恰相反，有一天若真那樣，我肯定會離開的。」他說：「你不要總說離開、離開的，一說離開我心裡就慌，毛主席已經離開我們了，你再離開，這日子我真就不知怎麼過下去了。」

這話聽來頗有些誇張，但葉建華相信它的真實，哀悼毛主席的這些天，洪偉剛曾多次表達他對毛主席的情感，無論在眾人面前還是面對她一個人，他都痛哭得難以抑制。他對失去了毛主席的中國真的是憂心忡忡，他說：「毛主席不在了，中國還有什麼人一揮手就可以指揮千軍萬馬呢？」他說：「眼下毛主席已將我大半的心占去了，我只有拿少半的心對你了，不過你要有耐心，早晚你會看清楚，站在你面前的洪偉剛是個什麼樣的人。」

其實，葉建華早就看清楚過，洪偉剛是個期望自己一揮手也可以指揮千軍萬馬的人。別看他隨和、喜興，那是他指揮別人之前的投入；別看他動不動就眼圈一紅，那是他時時蕩漾著的幹大事的激情。他這樣的人，男人也許不容易成為他的朋友，但女人卻很容易為他怦然心動。不過這看法是最初的冷眼旁觀，這會兒的葉建華，倒是真的有些怦然心動了。

讓葉建華沒想到的是，這時一個女工忽然闖了進來，慌慌地叫道：「洪書記不好了，靈堂的毛主席像掉下來了！」

兩人都吃了一驚，立刻起身去了隔壁的靈堂。就見靈堂中央原本被花圈、標語環繞的毛主席像果然不見了，上前察看，毛主席像正倚靠在花圈後面的牆壁上，好端端的，沒一點破損。再看掛鏡框的釘子，也好端端的，沒一點搖動。兩人都有點納悶兒，怎麼就掉下來了呢？那女工說：「是不是掛繩兒有問題？」葉建華說：「不可能，瓦工用的吊線，三股擰成的，再結實不過了。」把鏡框翻過來，那線果然好好的，既沒斷，打起的結也沒脫開。女工說，她是路過靈堂，聽到「啪嗒」一聲，再看毛主席像就不見了。

靈堂裡只他們三個人，原因找不到，三人只好又原樣掛了上去。這回是洪偉剛掛的，女工搬來把椅子，洪偉剛搶先蹬了上去。一邊掛他一邊說：「上回也許是掛繩兒太靠外了，我的錯，我的錯。」葉建華說：「錯也該是我的錯，咋是你的錯呢？」洪偉剛說：「誰掛的就是誰的錯唄。」葉建華說：「那就更是我的錯了，我掛的。」洪偉剛說：「小小年紀記性夠差的，分明是我掛的嘛，領袖的像，書記不掛誰掛？你想掛還沒那資格呢，是吧大芹？」那叫大芹的女工看看洪偉剛，又看看葉建華，很快附和了說：「是啊，是啊，葉建華你想掛還沒那資格呢。」女工朝葉建華擠眉弄眼的，葉建華不好再說什麼，心裡明白洪偉剛是在替她擔當，這事沒人追究便罷，一旦有人追究，上綱上線也是有可能的。葉建華明白自個兒應該感動，心裡的不舒服卻不聽話地強大著，因為全隊的人都知道靈堂是她葉建華布置的，洪偉剛給出的理由太牽強了，他用的分明又是張揚的口氣，倒像給了大芹一個擠眉弄眼的理由。再者，毛主席像莫名其妙地掉下來，又彷彿是一種不祥之兆，讓葉建華好不懊喪。

不過，新的一天到來，唯一牽動著葉建華的心的，仍是遠方的建築隊。葉建華騎上自行車，以按時上班給了洪偉剛滿意的答覆。

八天的哀悼期結束了，工作重新步入了正軌。隊上正承接一座六層的宿舍樓，洪偉剛和幾個副隊幾乎每天都要往工地跑。中午幾個副隊留在那兒，洪偉剛總要趕回來，他說是為了和葉建華一起吃頓午飯，葉建華卻覺得他是為了和大家一起吃午飯。因為一上飯桌他就興奮，一興奮話就多起來，飯廳裡總響著他一個人的聲音，大家眾星捧月一般，只負責聆聽和叫好。吃過午飯，幾個女工搶了去為他清洗飯盒，他則叫一聲要往工棚走的葉建華說：「待會兒到我辦公室來一下！」他仍是很大的嗓門兒，公事公辦的樣子。那幾個女工把洗好的飯盒遞給他，有意打趣道：「要不要我們也去啊？」他便笑了說：「去去去，哪有你們的事。」到了辦公室，自是沒什麼公事，東拉西扯的，還沒說上想說的話，就又到了去下邊工地的時間了。要走時，總不忘拉一拉葉建華的手，看葉建華沒什麼表示，便只好心有不甘地放下走了。有一回，洪偉剛吃完午飯回辦公室時，一眼看到了葉建華的自行車，竟是當眾就不管不顧地擦起來，葉建華一再阻攔也沒攔住。眾人明白，這一回的擦車跟上一回的擦車已是大不同，上一回若說是種交換，這一回便可說是一種表白了。

葉建華不明白洪偉剛為什麼一定要這樣，他像是私事也要當成公事來辦，把一件小事搞得鬧哄哄的，把原本屬於私密的事情置於眾目睽睽之下。她發現洪偉剛不只對她，對其他人也是大嗓門兒，也是要置於眾目睽睽之下。比如詢問哪個人的病情或是某件家事，他通常也是選在吃午飯時。那被問的人往往會受寵若驚，彷彿得了什麼恩惠。洪偉剛的記憶力也實在好，這次問過的事，多少天後見到這人，仍記得清清楚楚，便使這人真心覺得，他是關心自個兒的。這樣的人多起來，他說個什麼，回應的人也就多了，他的威望是與日俱增著。而那幾個副頭兒，最初對他並不以為然，特別設計、預算方面的事很少向他請示。漸漸地，不知怎麼就變了，副頭兒們大事、小事都習慣看了洪偉剛說話了。就連那個主管設計的傲氣的老蔡，也常常畢恭畢敬地說：「洪書記，您說呢？」既是讓洪書記說，洪書記就當仁不讓地說上一通，最後大家也就只能按他的說去辦了。洪偉剛對他們不一定多滿意，但表面噓寒問暖，照顧有加，看上去團結得就像一個人一樣。他最常說的一句話便是：「管個一百多號人，閉了眼睛都能叫它妥妥帖帖的。」他還有效治服了幾個刺兒頭，據說瓦工組有人想看他的笑話，當眾遞給他一把大鏟，他不急不慌，接過大鏟就壘上磚了，竟也博得了齊聲喝彩。還有那兩個欺侮小八子的壯漢，他和他們分別掰了回手腕，眾目睽睽之下兩人全都敗下陣來。從此他們的注意力便從小八子身上移開，轉到看洪偉剛的眼色上去了。洪偉剛說，在部隊他餵過豬，做過飯，壘過磚，打過架，當過官，就是從沒務過正業，那就是打仗。這話他在很多場合都說過，說完自個兒就率先哈哈大笑，眾人也就跟了笑。總說總說的，笑的人就少起來，可他還是一遍遍地重複著。憑他的記憶力他當然應該記得已經說過多遍了，但只要想說，他就可以表現得像說第一遍一樣。有一回一個大膽的人問他：「書記是啥意思？莫非想把建築隊當一回戰場？」洪偉剛又一次哈哈大笑道：「建築隊算什麼戰場，我洪偉剛的戰場可不在這兒。」

在來來回回的騎車途中，葉建華曾無數次地問過自己：「吸引你的是什麼？是這個人還是別的什麼？倘若他不是隊長不是書記呢？」已有人在嚼她的舌根了，說她真有兩下子，沒幾天就把隊長哄到手了。不過隊長也是鬼精的人，將來誰哄誰還不一定呢。敢背葉建華這樣的包袱，不是最傻就是最精的人了。

在這其間，瓦工組和油漆組的人都來過隊裡，不知為什麼葉建華很喜歡和他們搭話，他們也都表示隨時歡迎她去他們的工地。其中唯一沒跟她搭過話的人，是一個瓦工組的技工，他只對她笑笑，一笑就露出雪白的牙齒，他的眼睛又大又黑，皮膚又細又白，一頭柔軟的稍稍有些鬈曲的頭髮。她從別人嘴裡得知，他的技術在瓦工組是最好的，本來是要他當組長的，他卻堅決不幹，說他喜歡自在，當了組長就不自在了。她後來意識到，她喜歡跟他們搭話其實是由於他的存在。只是他們來隊裡的機會太少了，她也沒有任何去他們那裡的理由，況且就算去他也不一定就和她說話。可這個不說話的幾乎是悄無聲息的人，卻在她心裡占據了難以說清的位置，特別是想起洪偉剛時，他安靜的面龐就對比似的也會同時出現，遜色的自然就是洪偉剛了。

在一個大院兒裡安靜下來的週末，葉建華終於主動走進了洪偉剛的辦公室。這讓洪偉剛倒有些意外，他說：「都下班了呀。」又說：「院兒裡只剩一個看門的老李了，你就不怕碎嘴子的老李嚷嚷出去？」葉建華奇怪道：「你自個兒嚷嚷得滿世界都是了，還怕一個看門的老李？」洪偉剛說：「不一樣，自個兒嚷嚷是正大光明，別人嚷嚷可就說不清了。」葉建華說：「你既是擔心，那我就走了。」葉建華轉身要走的當兒，洪偉剛卻從身後一把抱住了她，說：「既來之則安之吧。」葉建華的心跳加快起來，正不知如何是好，就覺得洪偉剛的一隻手已伸進了她的衣服。他的喘息顯然也急促起來，嘴裡的熱氣呼呼地吹向她的脖頸、耳朵、臉頰……。葉建華全力掙扎著，但他的另一隻手將她箍得緊緊的，伸進衣服的手粗魯而又蠻橫，他嘴裡的熱氣還有一股酸腐的味道……。她拚命的掙扎終於讓他有一刻鬆了手。

兩個人都氣喘吁吁的，陌生人一樣地相互望著。

洪偉剛說：「為什麼？」

葉建華說：「為什麼，這也正是我想問你的。」

洪偉剛說：「兩個相互喜歡的人，這是必然的呀。」

葉建華說：「可我不想，特別是不想讓人強迫。」

洪偉剛說：「強迫？你來找我，我總不能沒點表示吧？我看不是強迫，倒是迎合呢。」

葉建華奇怪地看著洪偉剛，覺得他臉上的表情有一種從沒發現過的痞氣。

洪偉剛坐向他的位置，他指指辦公桌對面的椅子，示意葉建華坐下。葉建華卻不坐，有點倔強地站在那椅子背後。洪偉剛問：「找我什麼事，說吧。」

葉建華原本是有一肚子的話要說說的，但洪偉剛這樣的臉相、這樣的問話，她又能說什麼，便說：「沒事，我能有什麼事。」

洪偉剛說：「你沒事，想必是希望我有事跟你說的？」

葉建華說：「也沒有。」

洪偉剛說：「跟我不必不好意思。」

葉建華說：「真沒有。」

洪偉剛說：「你沒有，我倒有事要跟你說。本來想忙過這陣子再說的，看你有點性急，就先對你說了吧。」

葉建華說：「我沒有性急啊，你從哪兒看出我性急了？」

洪偉剛說：「好了，好了，我是誰，這點事還看不出來，書記不白當了？」

洪偉剛不容葉建華再說什麼就說出了兩件與葉建華密切相關的事來。一件是眼下的，一件是未來的。眼下的事，是要把葉建華調出鋼筋組，幫著抓宣傳的老劉辦張小報，重點報導各組的好人好事，一來是葉建華擅長做的，二來能鼓舞大家的士氣，三來向上彙報也有了實際內容；另一件未來的事，是葉建華的轉正問題，據區裡人事部門透露，年底會有一批轉正指標，他洪偉剛打破了頭也要搶下幾個名額，哪怕名額只有一個，他也會留給葉建華的。那時候，工作解決了，城市戶口也解決了，他們倆就可以考慮往下的事了。他還說，這事他曾和一位戰友說過，那戰友說：「解決城市戶口已經公認是第一大難題，真服了你了。論條件，你不知要高出多少個級別了，找個這樣的，不怕麻煩啊？」他就說：「什麼級別不級別的，只要真心喜歡，級別就不重要了。」

說完，洪偉剛眼睛一眨不眨地看著葉建華。

葉建華自是明白這目光的意思，其實聽他述說那兩件事時，她內心反抗的念頭就開始生長起來，到他說出戰友的話來，那念頭就愈發地強壯了。她說：「你不必一口一個級別的，聽話聽音兒，我明白你的意思。要說級別，我還真是從沒看在眼裡。有工作咋樣？有城市戶口咋樣？除了花錢方便點，你們城市人哪點就比農村人高明了？而花錢方便又算什麼高明，那只能說你們憑的是國家政策，國家政策要是往農村這頭兒偏一偏，高明的也許就輪不到你們了。」

洪偉剛拍手說：「建華呀，你說得太對了。可道理是道理，生活是生活。我現在最想知道的不是道理，而是你對那兩件事的態度呢。」

葉建華說：「事當然都是好事，你，特別是你那位戰友，大約以為我做夢都想得到吧？」

洪偉剛說：「只要是好事，我相信每個正常人都不會拒絕的。」

葉建華說：「要是好事同時還有不正常的因素，正常人就難說不會拒絕了。」

洪偉剛看著葉建華，沉默了一會兒，忽然說：「明白了，我是千方百計地要為你做事，以證明我對你的喜歡，而你是千方百計地拒絕，不給我證明的機會。我這又是何苦呢。」

葉建華說：「因為你不明白，喜歡一個人，是不需要做事來證明的。」

洪偉剛說：「不做事怎麼證明？」

葉建華說：「還有比做事更重要的東西。」

洪偉剛說：「什麼東西？」

葉建華說：「你說的兩件事，說實話我還真沒想過。特別是第二件，我壓根兒就沒抱過希望。我想跟你說的是一些感覺，這些感覺盤旋在腦子裡好多天了，再不說出來，難受不說，還覺得有點對不住你。不過現在，我覺得無須再說了，已經沒有必要了。」

洪偉剛說：「不行，得說，我倒願意聽聽。奇怪，為什麼有話不說出來呢？」
葉建華說：「一些話，不是想說就能說的，也不是想說清楚就能說清楚的。」
洪偉剛說：「比如呢？」
葉建華說：「比如……我總也不明白，你為什麼一定要大嗓門兒說話？」
洪偉剛說：「這事對你來說，比我剛才說的兩件事重要嗎？」
葉建華說：「重要，給我的感覺，你像是生怕人家不知道你的存在。」
洪偉剛說：「生怕？笑話，我是隊長，又不是人人瞧不起的小八子。」
葉建華說：「所以你才要大嗓門兒，讓人人都聽見你的聲音？」
洪偉剛說：「我沒有任何目的，只是習慣，多少年養成的習慣。」
葉建華說：「當了所有人喊葉建華去你的辦公室，當了所有人給葉建華擦自行車，當了所有人顯示你和葉建華的好，這也是習慣嗎？」
洪偉剛說：「我以為你會高興的呀，你……不可能不高興吧？我敢說，別說是你，隊裡任何一個女的聽到都會高興的。」
葉建華說：「隊長大人，我可不是任何一個女的，你說『別說是你』，『別說是你』是什麼意思？」
洪偉剛說：「隨口一說罷了，你們這些文化人，就喜歡咬文嚼字的。」

葉建華說：「不說我也明白，在你眼裡，隊上所有人都是低你一等的，一個臨時工更是要低你兩等，你一聲召喚就像是皇帝的恩寵一樣，不高興才叫奇怪。可我倒覺得高興才叫奇怪，你叫一聲人家的名字人家就得高興，以為你是誰呀。不要說一隊之長，市長、省長、國家主席，哪個不比你大，毛主席一聲令下，還不是說倒就倒了？」

洪偉剛看著葉建華，不知為什麼嘴角露出了一絲笑意，他說：「知道我為什麼喜歡你嗎，你總跟別人不一樣，不服輸，不肯隨大流。可你想過沒有，小到一個單位，大到一個國家，終究還是要有一個人一聲令下的，一聲令下之後終究還是得有人響應的。你自己都在說，毛主席一聲令下，多大的官說倒就倒了。可一個單位和一個國家一樣，沒有個一聲令下的人，沒有個叫一聲人家的名字人家就高興得屁顛兒、屁顛兒的人，這個單位豈不就是一盤散沙！一個一盤散沙的單位我隊長不想看到，你一個臨時工也不想看到吧？」

葉建華立刻有點傻，萬想不到，自個兒的邏輯和洪偉剛的竟是一致的！就如同一隻要飛出林子的鳥兒，自以為飛出去了，卻沒想到只不過是一絲間隙，林子大到了幾乎沒有盡頭……」

葉建華說：「我當然不想一盤散沙，可也絕不想讓人強迫。洪偉剛，知道我從什麼時候對你有點喜歡的？你第一次彎了腰低了頭為我擦那輛舊車的時候！不管出於什麼目的，那時候的你是默然的，不張揚的，是在屈身做一件微不足道的小事。可我現在覺得，我是把那個身影誇大了，美化了，事實上你並不想默然，你屈身也許正是另一種形式的張揚。」

葉建華還是第一次叫出洪偉剛的名字，她覺得自個兒內心鼓蕩著一種不甘心，因此依然在吃力地飛來飛去，尋找著林子的出口……

這時就聽洪偉剛笑道：「你們文化人的毛病，就是喜歡把一想成二，把二想成三，我可沒想那麼多。擦車因為車是你的，別人的車我咋不去擦？你剛才說屈身，說明你看到的是一個隊長、書記，而不是我洪偉剛。要是換了別人，你會不會因為擦車有那點喜歡？所以你批評我的東西，在你身上不一定就沒有呢。」

洪偉剛的笑聲裡顯然有些得意，但葉建華此時已顧不得在意洪偉剛的得意，她想，是啊，她不早就在問自個兒，吸引你的是什麼？是這個人還是別的什麼？她覺得自個兒像是被擊中了，像是再沒有力氣尋找林子的出口了，而將自個兒擊中的，不是別人，恰恰是自個兒的反抗和尋找……

葉建華聽到洪偉剛說：「好了好了，就別耍小性兒跟我賭氣了，知道你這樣子讓我想到誰嗎？《紅樓夢》裡的林黛玉。本來喜歡人家又不說喜歡，就知道無事生非，沒來由地嘔氣。」

這話又是讓葉建華沒想到的，一切都歸結到賭氣上了，好像什麼都沒發生似的。

洪偉剛又說：「你喜歡的書，我再忙也去看了，再說毛主席他老人家也喜歡。」

葉建華冷笑道：「毛主席他老人家的看法跟你可不一樣。」

洪偉剛說：「甭管他什麼看法，你讓我想到林黛玉可是真話。倒是那薛寶釵，比林黛玉要懂事得多。不過沒辦法，誰讓我喜歡上你了呢，就像賈寶玉，一旦走火入魔死也不會回頭。」

這樣地談論《紅樓夢》，葉建華就覺得很像自個兒看過的一本《紅樓夢》連環畫，好好的一本書被這連環畫粗俗化了，再也不是原本的《紅樓夢》了。

葉建華忽然轉守為攻道：「你剛才說什麼？甭管他什麼看法？」

洪偉剛怔一怔，立刻意會道：「怎麼，你還要給我上綱上線啊？」

葉建華說：「要想不上綱上線，您就饒了我，再也別跟我談論《紅樓夢》了。」

洪偉剛看著葉建華，忽然爆發出了一陣大笑，他說：「好啊，英雄所見略同，我早就不想說那些沒用的了。建華，難得有時間跟你正經說話，除了剛才說的兩件事，還有件事我是必須要跟你說的。」

洪偉剛嗓門兒大得，震得葉建華的耳朵「嗡嗡」的，她不明白他怎麼還可以笑得出來。

洪偉剛說：「建華，你就不能坐下聽我說嗎？」

葉建華仍不肯坐，只說：「你說吧。」

洪偉剛說：「這件事非同小可，你不坐，我是沒辦法說的。」

葉建華無奈，只好勉強坐了椅子的一角。

就聽洪偉剛說道：「這事說出來，我真擔心……，我不知你會是什麼反應……唉，醜媳婦早晚要見公婆，就不管那麼多了吧。」

葉建華低下眼簾，沒去看洪偉剛，以表示自個兒並不關心他要說什麼。

洪偉剛說：「我是個結過婚的男人。」

葉建華的眼睛仍看著桌面。桌面上落了隻飛蟲，忽而又飛起來，葉建華就一直看了牠，忽而飛起忽而落下的。這時她其實是吃了一驚，但好在有飛蟲，讓她顯得無動於衷的樣子。

洪偉剛說：「我還有個兒子，四歲。不過我早離婚了，孩子也不在身邊。」

飛蟲落在了葉建華的手上，她用另一隻手趕走了牠。

洪偉剛說：「你怎麼不說話？我想知道你對這事的看法。」

葉建華說：「這是你的事，我能有什麼看法？」

飛蟲又飛到了洪偉剛的手上，洪偉剛「啪」地一巴掌，將那飛蟲拍了個稀巴爛。他的手指粗短，手掌很厚，手關節格外突出，讓人會想到一個四五十歲的男人。葉建華看著，忽然有點心驚肉跳的。

洪偉剛說：「將來我們在一起生活，我那兒子總會經常出現的。」

葉建華抬起眼睛，吃驚道：「什麼就一起生活了？哪跟哪的事啊？」

洪偉剛說：「喜歡一個人，還不是為了一起生活？」

葉建華說：「你是為了一起生活，我可不是。」

洪偉剛說：「那你是什麼？」

葉建華說：「反正不像你那麼目的明確。」

洪偉剛說：「凡事總會有個結果的。」

葉建華不由得衝口道：「洪偉剛，知道我們最大的區別是什麼嗎？就是你凡事都要先想結果，你把世界只看成是一件事、一件事的組合，沒有其他；而我從來不是，我尤其不看重你今天說的這事、那事。」

洪偉剛說：「那你看重什麼？」

葉建華說：「我……我看重的是人在事件中的感覺，在事件中的所思所想。如果是愛情，我看重的不是你為我做了什麼，而是你對我的感覺是什麼。比如《紅樓夢》，你不是也看了嗎，賈寶玉被賈政打得皮開肉綻，薛寶釵為寶玉送去的是藥，林黛玉為寶玉送去的是哭，你說最愛寶玉的是哪一個？」

洪偉剛說：「單從這件事，我看倒是藥來得實惠，哭得再凶，寶玉的傷痛一分也不能減輕啊。」

葉建華說：「這就是你我的區別了，你只看到了看得見的藥物，卻看不到難得看見的內心，黛玉的淚水其實就是內心，就是生命。對，是生命。有一天淚水流完了，她的生命也就終止了。所以比起藥物，哪個輕，哪個重，不就顯而易見了？」

洪偉剛說：「說了半天，你不就說我是個俗人嗎？就算你不俗，那我問你，假如眼下真有個轉正指標給你，你要不要？」

葉建華說：「又來了，實打實的一件事又來了，這輩子你都要被纏在事裡了。」

洪偉剛說：「你不敢回答，回答不要，不是你的心裡話；回答要，你就不能免俗，就成了跟我一樣的人。」

葉建華說：「就是回答要，也絕不是和你一樣的人。」

洪偉剛又一次哈哈大笑起來，他說：「和我不一樣，你說得出差多少嗎？五十步？還是一百步？」

九

自從和洪偉剛有過一次談話之後，葉建華就再也沒回建築隊了，她聽人說，第二天洪偉剛就在飯桌上說，因為他把結過婚的事坦誠相告，葉建華和他已經分手了。眾人譴責葉建華有眼不識泰山時，他還連連說：「可以理解，可以理解。」

葉建華卻也並不惱火，她想他不過是為了在建築隊的「一聲令下」罷了，至於分手，她幾時又跟他牽過手呢？讓她總也放不下的，倒是洪偉剛最後的一句話：「和我不一樣，你說得出差多少嗎？五十步？還是一百步？」當時的她竟是一下子沒了話說，好像默認了他的說法似的。為表現她的不甘心，她一轉身就走出了辦公室。她聽到洪偉剛的大嗓門兒在喊：「你他媽的就這麼走啊？」她還是頭一回聽到洪偉剛罵髒話，她想，狐狸尾巴到底露出來了。

原本葉建華是無比堅信和洪偉剛這類人的區別的，無論最初看的《簡愛》，還是後來看的《紅樓夢》，她都有喜遇知己之感。看小說的人總喜歡說小說如何如何影響了他，而她一直覺得不是影響，一直覺得小說裡寫的正是她自己。可洪偉剛的話，第一次動搖了她的堅信，她不得不一次次回想《簡愛》的細枝末節，不得不一次次重看《紅樓夢》的敘述。對比的結果很是讓她沮喪，倒不是她真的和洪偉剛沒什麼區別，而是她真的和洪偉剛有一致的地方。這一致隱藏在深處，不特意尋找根本不可能發現。比如她自以為追求平等、自由和鄙視粗俗是她和眾人的區別，可許多時候，她對眾人的鄙視是否也是一種不平等？就像洪偉剛對屬下人的小視、要求他們的一呼百應一樣？

不過回到村裡，一見到她的那群女夥伴們，洪偉剛的事就立刻忘在腦後了。村子就像一片泥濘的凹地，而女夥伴們總能躲開泥濘，找到一片小小的獨屬她們的天地。她們是小說的最好聽眾，她講小說的時候，她們一派天真的表情常常讓她覺得她們就是小說中的某些人物。她們還是仗義的，她為她們講了小說，她們就在農活兒上幫襯她，你幫一把、我幫一把的，她的那點活兒往往就被分光了。她為此抱怨她們，她們就說：「拿鋤頭誰不會呀，講書可就你一個會。要論幫忙，我們幫你一個，你幫的卻是大家呢。」她們竟然還有人說：「聽你講得比綢緞活兒還要細緻，不會是你自個兒寫的吧？」自然是句玩笑話，葉建華除了呵呵一笑還是呵呵一笑。可這次從建築隊回來，不知為什麼，這舊話竟格外地響亮起來了。她想，是啊，為什麼自個兒就不能試試呢？

於是，葉建華在家裡憋了七天，除了女夥伴們，其他外人一律不見。她的父母也不知她在忙什麼，只當她是太累了，要歇上幾天；建築隊的事他們也不細問，想必是年輕人這山望著那山高，凡事不能長遠罷了。只父親畢竟搭過人情，忍不住問了幾句，她反反覆覆總是三個字——

「不喜歡」，他便也就無心再問。誰知，一天天地過去，也沒見哪個人來，她自個兒竟是漸漸地高興起來了，寬寬的額頭閃了光澤，眼睛亮得嚇人，一說話就情不自禁地要笑起來。倒也不是對他們的笑，是屬於她自個兒的笑，就像內心藏了天大的好事，想遮掩都遮掩不住了似的。他們任她高興著，仍不去問，反正高興總比不高興好，她這樣的年紀，高興不高興還不是天上的雲彩一般，一會兒一個樣的。他們不問也是知道她凡事不想讓問，她想說的時候自是會說的，他們絕不像有的人家，對孩子特務似的跟蹤、盤問，整天鬧得雞飛狗跳，既費了心還不落是，又何苦呢。

果然，半個月後的一天，葉建華在飯桌上把一封信交給了父母。葉建華埋頭吃飯，父母就打開來看，見那信紙上只有寥寥數語，大意是〈自行車的飛翔〉寫得不錯，決定留用。信的抬頭是「葉建華同志」，落款是某報社文藝部某某。父母不禁大喜道：「你寫的？要登到報紙上了？」葉建華仍埋頭吃飯，害羞似的不看他們。父親內行似的說：「自行車的飛翔，題目是不是有點彆扭？」母親說：「是啊，你見過哪輛自行車是會飛的？」葉建華這才停了吃飯，看他們一眼說：「不懂就甭瞎挑毛病。」父親說：「你寫的是咱家那輛自行車吧？」母親就說：「要是咱家那輛，甭說飛，就是騎快點都『吭啷吭啷』的，飛起來一準兒散了架。」葉建華便哈哈大笑起來，笑得捂起了肚子，流下了眼淚，仍是停不下。父母看著，也不由得笑起來，他們還從沒見葉建華這麼高興過，雖說不明白要上報紙的是篇什麼文章，總歸是可喜可賀，就看這村裡的老老少少，文章上過報紙的有過哪一個呢？

緊接著，這消息便長了腿似的，很快就傳遍村裡的街街角角了。女夥伴們自是最替她高興，當天晚上就喊了她，鬧鬧哄哄地跑到鄰村看了場電影。到鄰村有三里多地，一條彎彎曲曲的土路，一輪明月和滿天的星星，一地墨色的芬芳四溢的莊稼，她和夥伴們在其間唱啊、笑啊、鬧啊，走到哪裡，哪裡的月光就更加明亮，空氣就更加鮮活。有一刻，大家忽然停了笑鬧，一個人的抽泣聲便突出出來。抽泣的人原來是淚窩最淺的老五。大家便七嘴八舌地譴責起來，說她真掃興，多高興的事，多美好的夜，生生讓她給攪了。老五一邊抽泣一邊委屈地說：「你們就知道瞎高興，也不動腦子想想，一個能在報紙上發文章的人，還能跟咱們在一起待多久？」大家說：「原來就為了這呀，為這就更該高興了。今兒咱請她去鄰村看電影，趕明兒她去了城市，還不請咱到電影院看電影啊？」老五說：「就知道看電影，電影幾時才看一回？到那時候，講書的人呢？誰還天天給咱們講書呢？」這一說，大家都有些沉默。雖說不講書日子照樣過，但和講書的日子是不一樣的。那些書上的話，讓人知道日子之外還有另外的日子，那日子不頂吃、不頂喝，可有滋味兒，讓人長精神，有盼頭兒，比鋤一壟地、納一針鞋底子可有意思多了。葉建華去建築隊那段日子，大家明顯少了精神，有人下地還把鞋底子拿起來了，要跟那群過了門的媳婦為伍了似的。看看這一群人，老大、老二、老四、老五、老六、老七、老八……，能講書的也就老三葉建華一個了，因為只有葉建華能不把看書以外的事放在眼裡。就說納鞋底子吧，未出嫁的閨女哪個敢不會？一個媒人找上門來，要看的第一就是做鞋，做鞋過不了關，嫁人的事就黃了一大半。

可葉建華就敢，甭說納鞋底子了，鞋底子用的袼褙咋抹的她都不知道。還有做衣服、縫被子、蒸饅頭、擀麵條、養豬、養雞什麼的，凡大家會做的，她都一律不會。她是就知道個看書，回家往自個兒房裡一鑽，不到吃飯的時候誰也休想叫她出來。好在人家父母好歹不說，看書就看書，不會就不會，什麼都隨她去，就像養了個別人家的孩子似的。一些好事的嫂嫂、嬸嬸都看不下去了，見面就敲打葉建華：「我們可都是過來人，做媳婦哪個是容易的，一樣地下地受苦，回到家廚房是你的，針線活兒是你的，生養孩子還是你的，到時候你說，你不會，就等了挨婆婆的罵、挨男人的打吧。」葉建華或者不理，或者就說：「還不是你們自個兒找的，要是不嫁人，不是也就沒這些事了？」嫂嫂、嬸嬸們立刻像被踩了翅膀的雞喊叫起來：「不嫁人？誰家養閨女不為了嫁人啊？不嫁人，將來老了不能動了你依靠誰去啊？」葉建華笑道：「誰老了？誰不能動了？我葉建華？哈哈，笑死了，笑死了……」面對這件事，葉建華就像是豁出去了，你們愈是做，我就愈不做，你們愈說嫁人，我就愈說不嫁，不嫁又能咋樣，一輩子做個老姑娘又能咋樣呢？

姑娘們顯然是站在葉建華一邊的，嫂嫂、嬸嬸們敲打葉建華，她們就一湧而上，幫了葉建華說話，鄙視婦人們的目光短淺。其中，難免就有人跟了葉建華說不嫁、不嫁的，婦人們便像抓到了反擊的目標，目光從葉建華齊齊地轉向這人，說：「建華說不嫁是為了看書，你說不嫁是為了什麼呢？」這人是最受葉建華影響的老七，她的臉騰地一下就紅了，她只上過兩年小學，書上的字還認不全呢。但她事事向葉建華看齊，不學做針線，不學做一切家務，還沒事就翻一本《新華字典》。大家聚到一起，誰若提起針線活兒、家務事什麼的，她總是第一個反對，她反對的話只有一個字：俗。「俗」這字也是葉建華最先說出來的，它就像是道界限，將她們和那些婦人們做了清晰的劃分。一說俗大家就都沒話說了，她們格外看重這劃分，她們才不想近俗一步。這時候眼看著老七遭到攻擊，她們豈肯甘休，不禁一湧而上，七嘴八舌地反擊婦人們，她們說：「為了什麼你們也不會懂，你們就知道生養孩子，就知道吃喝拉撒，就知道開下流的玩笑，你們這群俗不可耐的女人啊！」她們還宣誓似的齊聲喊道：「不嫁，不嫁，就是不嫁！」她們雄壯的氣勢立刻壓倒了婦人們，婦人們一時竟有些沉默。但很快地，便有人報復似的瞄上了老二，說：「話是好說，就怕有人嘴上說著不嫁，轉臉兒就坐人家的自行車去呢。」老二是誰？有名的手一份、嘴一份，活兒上不讓鬚眉，嘴上是更不饒人，現在有人找上門來，她豈肯放過。就見她笑吟吟地回道：「坐人家的自行車不假，說不嫁人也不假。不過我倒要問問，誰家的混蛋邏輯說坐了人家的自行車就一定要嫁人啊？我老二偏不信這個邪，偏要說不嫁人，還偏要坐人家的自行車去了！」姐妹們一齊為她叫起好來。得了勢的老二反而臉紅起來。過後她說：「是我不好，讓人家抓住把柄了。」老大就說：「知道不好趕緊改啊。」老二說：「誰不想改？可一見到他就由不得自個兒了。」老二說的是本村一個小夥子，幾年之後，她還是由不得自個兒嫁給小夥子了。而另外的姐妹，也都先後有了「由不得自個兒」的經歷，嫁人的嫁人，離開的離開，一場夢似的散去了。

此時，月光下的老五的哭和問，倒讓葉建華覺得有些好笑，她說：「什麼呀，弄得跟真事似的，我能去哪兒？頂多去個建築隊，還不是又回來了？」有人說：「好歹是出去了，幹麼又回來，要擱我，掃大街、淘大糞也不會回來的。」另一個就說：「建華，聽說有個城市人看上你了，為這你才回來的？」大家先怔了一下，忽然就停了腳步圍攏過來，問建華：「可是真的？為什麼呀？城市人都看不上，你想上天啊？」葉建華推開大家，一個人快步走向前去，邊走邊說：「那些俗事我早忘了，還是給你們講講〈自行車的飛翔〉吧。」

〈自行車的飛翔〉其實是沒法講的，它不過是一篇短小的散文，沒有故事，沒有懸念，甚至沒有故事意義上的人物，但只因是葉建華自個兒寫的，大家走在她左右前後，都格外用心地聽著。

葉建華說：「自行車沒有翅膀，它當然沒辦法飛翔，但坐在自行車上的人是有翅膀的，只要人有了翅膀，一切都可以飛起來。」

有人就問：「人咋會有翅膀呢？」

老五說：「這都不懂，人的翅膀長在心裡。」

葉建華說：「也不僅僅在心裡，我的翅膀就常常在夢裡出現，一飛就好遠好遠，地上的人啊、馬車啊、汽車啊，全都被我超過去了。可奇怪的是，被我超過的從沒有自行車，一次也沒有過。你們誰能猜猜，這是為什麼？」

老七說：「因為自行車變成了你的翅膀吧？」

葉建華說：「行啊，老七，還真讓你說中了。夢裡的翅膀就像自行車的兩個輪子，唯一不一樣的就是它在空中，不在地上。這個夢老做老做的，文章的題目就有了。題目一有，一些話神不知、鬼不覺地就落在紙上了。寫完一看，自個兒都不相信是自個兒寫的。」

受了鼓勵的老七說：「原來文章是這麼寫出來的啊？」

老二哼一聲說：「人家是這麼寫出來的，你老七就不一定了，不信就試試。」

老七還沒說什麼，老大先說道：「老二，我就見不得你擠兌老七。人家又沒說要寫，就是要寫，也不能一棍子打死吧，？沒聽建華都說，筆落在紙上是神不知、鬼不覺的？」

嘴不饒人的老二，唯有在老大面前是老實的，因為她喜歡的那個小夥子，和老大是姨表姐弟，在小夥子面前她總是低眉順眼的，她像是要把這低眉順眼也一併給老大了。

老二沒說什麼，老五卻不服起來，說：「我倒贊成老二說的，建華的那個神不知、鬼不覺該叫靈感吧？咱這幾個，要說拿個鋤頭，拿個鐮刀，或者侍弄個針頭、線腦，有點靈感我信，拿筆桿子的靈感，我看也就是建華一個，其他人想都甭想了。」

大家都紛紛贊同老五說的，唯有老七一言不發。

老五說：「怎麼，老七你還真想試試啊？」

老七沒說試，也沒說不試，只說：「飛起來的夢我也天天做，只是翅膀不是自行車輪子。」

大家就問：「是什麼？不會是《新華字典》吧？」

在大家的齊聲大笑中，老七說：「胳膊，兩條胳膊一乍就飛起來了，愈飛愈高，愈飛愈高，有一回飛到雲彩上去，天宮的大門都看見了。」

老七正經的樣子讓大家笑得更歡了，老二說：「你這樣的，天宮大門也就配遠遠地看一眼吧。」

這回，連老大都站到老二一邊去了，老大說：「有句老話聽說過不？『上得高，摔得重』，老七，要小心啊。」

大家也附和了說：「是啊，是啊，要小心啊，老七。」

遭了打擊的老七，這時有些求救似的快走了幾步，趕上了走在最前面的葉建華。葉建華說：「老大，我知道還有句老話，叫『人往高處走，水往低處流』，要是夢都不做一個，人咋往高處走呢？」

葉建華這一說，老七立刻來了精神，說：「是啊，要是夢都不做一個，咱也對不起天天給咱講書的老三不是？」老七還一指個頭兒最小的老四，說：「你不是跟我說過，你也盡做會飛的夢嗎？」

老四一怔，說：「我那還值得一提？」

葉建華說：「咋就不值得提？就好比我喜歡看書，你們喜歡聽我講書，為什麼？又好比咱一致說不嫁人，不能過那群媳婦們一樣的日子，為什麼？還不是夢想鬧的？你們哪個敢說自個兒沒夢想，心甘情願過現在的日子？甚至我都能肯定，做會飛的夢的不只我和老七、老四，老五、老六、老八、老二、老大，你們就當真沒做過？」

老四捅了捅走在身邊的老六，老六說：「捅我幹什麼？」老四說：「你不是也做過，說翅膀是兩隻鞋底子？」

「哈哈哈哈……」大家不由得又爆發了一陣大笑。

像是受了笑聲的鼓舞，老二、老五、老八也都承認做過會飛的夢，只不過翅膀五花八門，什麼樣的都有，老二是羽毛的，老五是頭巾的，老八的最奇怪，是她家的兩隻水桶，想必是她挑水挑傷了，夢想著水桶輕盈起來。

形勢急轉直下，剛剛還處於劣勢的老七，轉瞬間竟變成了主流了。這時的老七便有些燒包，指了唯一沒什麼表示的老大，不客氣地說：「老大，老大，你還沒說呢？」

老大說：「說什麼？」

老七說：「說翅膀啊。」

老大說：「我沒翅膀。」

老七說：「沒翅膀咋飛呀？」

老大說：「我沒說會飛呀。」

老七說：「人家大夥都說了。」

老大說：「大夥都說會飛，我就也得會飛呀？」

老七說：「我才不信，你心甘情願過現在的日子？」老七學著葉建華的口氣。

老大說：「不心甘情願又能咋樣？這兒我是老大，在家也是老大，老大是什麼，老大就是那個最不該有夢想的人！」

老大顯然有些激動。老二說：「老七，你這不知好歹的人，剛才人家還替你說話呢。」

老七說：「一碼歸一碼，老大才不會小心眼兒呢，是吧，老大？」

老大沒說話，好像仍沉浸在自個兒的話語裡。大家都知道，老大下邊還有兩個妹妹、三個弟弟，她在外面做她們這群人的老大，已經挨過父母無數次的罵了。

大家聽老大又說：「你們夜裡做夢的時候，知道我在做什麼？納鞋底子！不納鞋底子，弟弟妹妹們就得光腳走路了。常常納著納著就睡著了，一覺醒來還接了納。這麼一覺一覺地睡，一回一回地納，枕頭、被窩都不知道啥滋味了。」

大家安安靜靜地聽著，同時也想到了自個兒，雖趕不上老大的辛苦，熬夜做針線的事也是有的。即便這樣，電影也是要看的，老三講的書也是要聽的。因為她們試過，不聚了，不看電影了，不聽書了，安安生生先把家裡的事做完再說，就是不行。一聽門外有人喊，甭說做活兒，飯都吃不下了，拿塊乾糧就跑出去了，就像喊叫的人是那勾魂的，家裡人再咋想攔，魂魄早跟了人家去了。想這老大，一定也是一樣，寧願熬夜受苦，大家的聚會也是一刻不肯耽擱的。

果然，就聽老大又說道：「因為沒有正經睡過，夢都不會做了。真要較真兒說翅膀的事，我的翅膀沒在夢裡，而在你們身上，你們七個都是我的翅膀，特別是老三，老三是翅膀的骨架！」

誰也沒想到老大會說出這樣的話來，大家情不自禁地鼓起掌來。葉建華想是都被說出眼淚來了，就見她抹了下眼睛說：「我現在有點明白了，在建築隊待不下去，說到底是想你們想的，沒有比跟你們在一起更高興的事了，要說骨架，你們才是我的骨架！」

真是一個比一個說得激動人心了，也就是趁了夜色，擱在白天，興許還不好意思說這樣的話呢。

這時，就聽老七說道：「既是把話都說到這份上了，咱不如趁熱打鐵，對了天上的月亮、星星，發個誓，許個願，咱姐妹八個，這輩子永不分離，永不嫁人！」

立刻就有人回應起來：「是啊，是啊，天上有七仙女，地上有咱八姐妹，不離不棄，永不嫁人！」

年輕人總是喜歡走極端的，若是這極端成群結夥地去走，就更容易熱血沸騰、激情澎湃了。但因這話早已說過不只一次了，事實上想分離、想嫁人的又從沒斷過，眼下說這話的又是執拗又稚嫩的老七，回應的人就只嘴裡嚷嚷，並不見一個人停下腳步。老七見大家不停，自個兒也不好停下來，只有點聲嘶力竭地喊：「我說的可是真的，不是開玩笑啊！」回應的人就說：「誰不是真的？都是真的啊。」老七說：「那就停下來發誓啊！」大家繼續走著，沒人去接發誓的話茬兒。老七說：「我知道一直沒說話的人想的什麼。」

沒說話的人是老大、老二和老三，三人年齡最大，老七敢點她們三個，也足可見出她一條道走到黑的執拗。

就聽老二說：「想的什麼，你說想的什麼？」

老七說：「還用說啊，不說大家也都知道。」

老二說：「我自個兒都不知道，大家知道什麼？」

老七說：「那我可就說了。」

老二說：「說，趕緊的。」

老七說：「我可真說了。」

老二說：「少廢話。」

老七說：「說了可不能急，誰急誰是小狗。」

老二說：「有屁快放，誰不說誰是小狗。」

這時，大家正走在一架小橋上，橋下是澆田的渠水，「嘩啦嘩啦」的。月亮、星星在渠水裡隱隱約約地晃動著。

老大指了橋下說：「老二、老七，你們還不如跳下去呢。」

老七說：「跳下去幹麼？」

老大說：「撈月亮和星星啊。」

大家便哈哈地笑起來。這一笑，就像是認同了老大的說法，一致把老二和老七看成了一對認死理兒、空較真兒的人了。

老大說：「還是聽聽老三咋說吧，老三不說話，想必跟老七想的不一樣。」

老七說：「她自是不一樣，我說發誓的話，還不是想讓她絕了離開的念頭？」

老大說：「咱又不是什麼組織，靠發誓就能把人家留下啊？」

老二說：「看把你能的，還學會給人挖坑了。」

老七說：「咋是挖坑呢，老三你給評評理，這是挖坑嗎？」

老三笑道：「咋不是挖坑，前腳發了誓，後腳就離開，還不被你罵死？」

老七說：「說了半天，你還是要離開啊？」

老三說：「反正，只要有比生產隊好的地兒，我是絕不在這兒待下去的。」

老七說：「你走了，我們咋辦？」

老三說：「這話我也反過來問過自個兒，離開你們，我咋辦？我常覺得我們是大冬天圍攏在一起取暖的人，可我們總不能為了取暖就天天鰾在一起，什麼也不幹啊。」

老六不解地說：「我們天天都在幹啊，又沒影響他生產隊的農活兒。」老八也說：「是啊，一點沒影響。」

老七說：「你倆就豬腦子吧，老三說的是農活兒嗎？天天幹農活兒，才等於什麼都沒幹呢。」

老六說：「那幹什麼才算幹了呢？」

老七說：「寫作，像老三一樣，寫文章上報紙。」

老二說：「少胡說吧，以為人人都跟老三一樣啊？」

老七說：「所以我才不想讓老三走，她寫文章上報紙，我們也沾光；就算她講書，我們聽書，也總算是幹了點什麼。」

老三說：「說到底講書、聽書還是取暖。我是說，取暖只是生活的一小部分，大部分都是冰天雪地。就好比生產隊長，甭管他是歪瓜還是裂棗，隊裡這一二百人就得交到他手裡，說一就是一，說二就是二；張三該去幹的活兒，他非讓李四去不可，村東的沙地該種成西瓜，他非種成老玉米不可，凡事都他一個人說了算；有人前腳提意見，他後腳就給人家小鞋穿。還有這一二百人，個個都是小學生一樣，頭天晚上隊長在黑板上派活兒，一個蘿蔔一個坑，第二天蘿蔔們就乖乖地到坑裡了，不必動腦子，有力氣就行了。還有那群媳婦們，為什麼叫我們不喜歡，就因為結了婚、生了孩子，再也沒想頭了，聽隊長的喝當個蘿蔔就是了，管他是對還是錯呢。西瓜是集體的西瓜，老玉米是集體的老玉米，損失到她頭上也不過一星半點吧。其實，我們看不慣媳婦們，我們自個兒就好到哪兒了？也不一定，就一個個地問問自個兒，二十四節氣可說得上來？什麼節氣種什麼、收什麼可說得上來？假如交給你一塊地，啥時該澆地、啥時該上肥你可知道？有人可能會說：『這多省心、多自在啊！』是啊，省心了，自在了，人也變成了豬腦子了。我想離開，其實就是覺得憋屈，明明當頭的是豬腦子，還要逼我們也變成豬腦子，我們好好的腦子，幹麼要在這兒當豬腦子啊？」

老三邊走邊說，大家則邊走邊聽，身後的渠水「嘩啦啦」地流淌著，天上的星星眨巴著眼睛，月亮隨了大家，好像也在走，也在聽。

老三說的，大家其實也都有感覺，只是從沒人說出來過，這會兒由老三說出來，便不由得心裡一亮：是啊，要緊的不是省心、自在，要緊的是不要變成豬腦子呢。可是，離開又咋樣？老三離開了一回還不是又回來了？沒有生產隊的地兒，生產隊長是沒有了，別的隊長有沒有？比如建築隊長，比如車間主任什麼的？就是這麼個世界吧，即便走到海角天涯，也是要有人管的，沒人管的自由自在的世界，上哪兒去找呢？

有人便把這話說了出來。

老三說：「問題不在於有沒有人管，而在於怎麼管。管的人得和氣，不能張口就罵人；得節制，不能隨心所欲，想咋樣就咋樣；得平等待人，不能拉幫結派，把人分成三六九等。」

老二說：「我敢保證，這樣的人你走遍天涯也找不到。」

大家也附和說：「是啊，這樣的人上哪兒找去？就算他不分三六九等，上邊也早分好了，地主、富農、貧下中農……，他能不聽上邊的？」

老三說：「我還不知道找不到，可不能因為找不到就不去找，好比得了不治之症的人，哪個是不找大夫乖乖地等死的？」

老三說出話來總是不容易駁倒的，大家有的點頭，有的沉默，有的準備著反駁的言詞。

果然，就聽老大說道：「老三，我是真不想讓你走。你說實話，是不是黑麻子隊長那句『他媽的』還是讓你過不去？當初你跟黑麻子大鬧一場的時候，多少人說你小題大做，我們從沒說過你吧？可半年都過去了，你要還是過不去，就真有點小題大做了。你就一個個地數數，甭說挨罵，挨過他打的人有多少？老四那回，因為不小心鋤掉了兩棵紅薯棵子，就被他一拳打了個嘴啃泥；還有老八，就因為力氣小點，天天把人家派到老太太群裡，掙老太太的工分；還有老五，因為跟他家閨女吵了一架，只要有拉車的活兒就一定有老五……。這些事咱跟他吵也吵了，罵也罵了，當了全隊的人氣得他說不出一句話來，還想咋樣啊？他縱是罪該萬死，咱有本事把他轟下臺不？就算把他轟下臺，下一個生產隊長誰能保證就不罵人、不打人就講平等了？想想，其實他生產隊長當得也不容易，別人在家睡覺的時候他還得絞盡腦汁派出一二百人的活兒來；遭人唾罵的時候還得準備好上頭對他的唾罵；管得鬆了，人們耍滑偷懶，管得緊了，人們又怨聲載道……。老三啊，他罵你自然不對，可你至今沒理他也算是對他的懲罰了。大家夥都在這麼一個鍋裡吃飯，人家粗粗拉拉，你就不能細思細量，細思細量你一個小壟溝都可能邁不過去。老三你說呢？

你是個明白人，書看得多，道理懂得多，不可能連我說的這點道理都沒想過吧？」

老三還沒說話，老二先拍手道：「看不出啊，今兒是咋的了，一個比一個地能耐，我們老大肚子裡也一套一套的呢。」

大家也紛紛表示贊同，說：「是啊，是啊，都像你這麼較真兒，老四、老八、老五就甭活了。」

這時，月光像是模糊了許多，遠不像剛才那麼清澈了。抬頭去看，就見月亮被一片薄薄的雲彩遮擋住了，雲彩朝東，月亮朝西，都走得飛快，像是都急於和對方分開似的。

老三看了一會兒月亮，忽然問大家：「你們說是雲彩在走還是月亮在走啊？」

大家說：「當然是雲彩在走。」

老三說：「我看是雲彩、月亮都在走。」

大家說：「錯覺，月亮咋可能走那麼快？」

老三說：「甭管錯覺不錯覺，你們就看這走法，是不是分開就快得多，是不是遮擋就是暫時的？」

大家說：「當然，一個往東，一往西，當然快多了。」

老三說：「所以我們才不能待在這兒一動不動，能離開的就離開，不能離開的也不能任憑黑麻子、白麻子欺侮。他來一拳，我們就踢他一腳。他罵一句『他媽的』，我們就還他一句『狗娘養的』。要是都這麼對他，他豈不就不敢了？這就是我們的走動，反過來若按兵不動，他那邊正巴不得呢，遮擋你們沒商量，索性也不走了，一片雲，兩片雲，三片雲……原地聚起來了，愈聚愈多，愈聚愈多，漸漸地一整個天都是雲彩了，月亮再也休想從雲彩裡鑽出來了。所以我覺得，我那絕不是小題大做，叫個大題小做還差不多，因為他不是單單一個人的傷害，他是在利用權力傷害啊！老大，快別說什麼粗粗拉拉、細思細量的話了，我不是小心眼兒、小計較，但在這事上絕不能馬虎。因為自己的心靈才最要緊，誰若對這心靈有所傷害，就差不多是天塌了，地陷了，任誰說上一萬條大道理都不行了。我就得做一個『風還沒來，翅膀就得先乍起來』的人！我永遠記得簡愛說過的話：『我意識到，片刻的反抗已經難免會給我招來異想天開的懲罰，於是，我像任何一個反抗的奴隸一樣，在絕望中下了個決心，要反抗到底。』『我愈是孤獨，愈是沒有朋友，愈是沒有支持，我就得愈尊重我自己。』『彼此平等——本來就如此！』」

愈說，葉建華就愈激動起來，不知怎麼，那個只一面之交的吳大奇，那個從沒見過面的遠在異國他鄉的簡愛，這時候忽然就都來了，就彷彿多年的心有靈犀的朋友一樣。沒錯，「風還沒來，翅膀就先乍起來了」是吳大奇說的，她發現這些年她其實從沒忘記過他，到今天，他這話就像從她的內心深處忽然現身，讓她感到了一種異乎尋常的力量。

大家沉默著，深邃的朦朧月光下的田野則更加沉默，只聽得見一行人雜亂的「啪嚓，啪嚓」的腳步聲。

剛才還都站在老大一邊，現在大家顯然又被老三的話打動了。簡愛她們都聽老三講過的，那個遠在天邊的外國女人，曾意外地貼近過她們的內心，這會兒再次聽老三提起，內心的餘燼不由得重新被點燃起來。她們意識到，有比較才知高低，若只聽老大的那番話，似不無道理，但跟老三的話一比，就顯出那話的平常了。她們說不出兩者的區別到底在哪裡，只覺得她倆是一個在高處，一個在低處，一個是只有老三才說得出的，一個則是多數人包括她們自己都能說的。她們當然更喜歡老三說的，那些話既新鮮又貼心貼肺，特別是那句「彼此平等，本來就如此」。可這話好像只能在她們這小圈子裡說說，到外面說去就難說人們會咋看了。自打她們記事起，人不是按階級劃分就是按城鄉劃分，人們會說，本來就如此的是彼此不平等吧！可她們憑直覺，感到簡愛說的這個本來是人的最初，人的最初可不就是平等的？至於後來為什麼分了等級，她們就不大瞭解了。她們只想，那個天下彼此平等的世界多麼好啊！她們很想表示一下贊同，可剛剛贊同過老大，一下子又來贊同老三，這個彎她們實在有點不好意思轉得太快。

這時，演電影的村子已快到了，村裡的燈光在前面閃閃爍爍的，演電影前常放的曲子〈喜洋洋〉也隱隱約約地能聽見了。若擱以往，大家的步子會忽然快起來，生怕趕不上電影的開頭兒。可現在，有老大和老三的話攪擾著，大家反而慢下來了，有意在進村之前要有一個結果似的。

讓所有人都沒料到的是，老大自個兒忽然來轉這個彎了！她們就聽老大說道：「老三啊，到底我是不如你的，一說就是隨大流的話，心裡總想往你那邊靠，可不知怎麼，說著說著就又滑下去了。」

老七就說：「你那叫隨波逐流。」

老三說：「倒也不是，老大是真心為我好，句句是肺腑之言。要不是有這肺腑之言墊底，我也想不出剛才的話來。我是真心覺得，每個人的內心並不強大，甭說打罵，甭說挨批鬥，一句話、一個眼神、一個動作都可能讓內心一顫，我們得保護它，讓它盡可能地免受傷害。你也許會說：『一句話、一個眼神我並沒覺到傷害呀！』那很可能是因為傷害太多了，你已經不敢真正地面對內心了。就像剛才大家說的，要都像你這麼較真兒，老四、老八、老五就甭活了。可是，我們還這麼年輕，老大年齡最大也才二十四歲，二十來歲就開始糊里糊塗地活著，這輩子豈不太虧了？」

「是啊，是啊，我們還這麼年輕，若不好好地活一把，這輩子豈不太虧了？」

大家像忽然才意識到自己的年輕一樣，一下子有點沸騰起來，老四、老八、老五尤其顯出了激動。老四說，為那一拳她回去哭了半宿，她父母還直怪她嬌氣，說：「不就是一拳啊，還沒完沒了了？打你的又是隊長，人家身負其責，錯了還不許說、不許碰了？」他們這一說，她還真有點覺得自個兒哭得沒道理了。可她又實在不能想那一拳，一想就胸悶得透不過氣來。老三說得好，傷害，得知道這就是傷害啊。老三還說內心不強大，她的內心真不強大，要是再多幾拳，她尋死的心說不定都有了。老五則說，讓她氣憤的是，黑麻子他閨女都沒事了他仍沒完沒了，為這他閨女跟他吵了一架，他才勉強放過了她。因為他閨女，她以為這事就算過去了，可其實不是，其實她落下了兩樣怕，一樣是怕拉車，一樣是怕來例假。因為黑麻子罰她拉車時她正來例假，愈拉車來得愈多，到後來血都順了腿流到腳面上了。就這麼拉了整整半月，例假也帶了整整半月。這是她長這麼大過得最糟心的半月。她原想看在他閨女的面兒上不跟他一般見識了，可她現在知道，不是想不想的事，她的兩樣怕去不掉，想一百回也是白想的。三個人中老八是最不善言詞的，她不說什麼，只是一聲接一聲地嘆氣。老七說：「有話就說，有屁就放，瞎嘆什麼氣呀？」老八說：「我能說什麼？力氣是父母給的，我這樣的人活該叫人瞧不起。」老七說：「這叫什麼話？要我看你是生錯地兒了，憑你的心靈手巧，在城市做個紡織工沒準兒能是最好的呢。」老二說：「不是生錯地兒了，是戶口把人拴得太死了，多少個聰明伶俐人兒都毀在村裡了啊。」

「是啊，多少個聰明伶俐人兒啊。」大家深有同感地附和著。

前面的村子愈來愈近了，〈喜洋洋〉的曲子愈來愈響了，大家像是理清了一樁心事，不約而同地腳步都加快起來……

大約也就十天左右吧，〈自行車的飛翔〉就印在一份市報上了，葉建華的名字也一併印在上面。結果，村裡看她名字的人比看文章的人要多得多，人們見面說的都是：「葉建華上了報紙了！」

還好，葉建華慶幸沒人問她自行車會飛的事。若這文章沒發在報紙上，估計人們會問翻天的；一上報紙，就鐵定了它在人們眼裡的權威了，人們相信它就如同相信政府一樣，什麼會飛都是不可置疑的了。

十

葉建華將建築隊的事說給藍音聽後，藍音說：「你不覺得，你的平等情結已經成為你戀愛的阻力了嗎？」葉建華詫異道：「你怎麼會這樣想？」藍音說：「真正愛一個人的時候，是不會總想著平等不平等的，也不會有那麼多的反思的。」葉建華說：「我知道。」藍音反問：「你知道？」葉建華又說：「我知道。」藍音說：「想起來了，你說過《一個陌生女人的來信》，說寫得和你一樣。可你好像又說，小說寫的是愛情，你感受的卻是孤獨？」

葉建華覺得這話題太過複雜，特別是剛講完洪偉剛的事情之後。她沉思著，不知該如何回答藍音的提問。好在這時藍音被一位同學叫走了，一會兒回來，藍音好像把剛才的話題忘記了，張口就說：「金校長不愧是金校長啊！」

原來，那同學叫藍音是只為說金校長的，他說：「好傢伙，你倆跟金校長什麼關係啊，金校長那麼護著你們？」藍音問：「誰倆？」那同學說：「除了葉建華，誰還能跟你稱你倆？」藍音說：「我們跟金校長話都沒說過一句呢。」那同學說：「別那麼小氣好不好，還指望你在校長跟前說句話呢。」藍音笑道：「不信咱就一塊兒找金校長去，看他能叫出我的名字不？」藍音忽然又想起什麼，反問道：「哎，你們不是常去校長家嗎？什麼話說不上？」那同學說：「不一樣，明顯對你倆的評價高出了一截。有同學說你倆目中無人，不和其他人來往。金校長立刻問那同學：『謙虛謹慎、團結同學是寫作的標準嗎？』問得那同學張口結舌的，臉都紅到脖根上去了。」藍音說：「這就算評價高了？」那同學說：「金校長還說了：『只要不是刻意搞小團體，只要對別人沒有惡意，不和其他人來往就不和其他人來往，有什麼大不了的？我當初上大學時，也喜歡獨來獨往，愈人擠人的地兒就愈不去，老師從沒為此批評過我。她倆好歹還是兩人，要我看，比我的團結意識還好點呢。』金校長說著自己先笑了，在場的同學也都笑了，可我知道，心裡不一定就都認可。」藍音說：「比如你就不認可。」那同學說：「說實話，都在一個教室裡上課，誰比誰能獨立到哪兒去啊？」藍音說：「你這是小人之心，小人之心是永遠不會知道君子心裡想什麼的。」藍音說完哈哈笑了，那同學卻沒笑，一轉身便離開了藍音。藍音說：「你還真想當小人啊？小人！小人！小人！」藍音喊著，又一次哈哈大笑起來。

藍音跟葉建華說罷，又笑了一陣，然後說：「看來咱應該去見見那位金校長了，據說文學班所有同學都去過了。」葉建華說：「要是因為所有同學都去過了我們才去，金校長不是白白地表揚了？」藍音又一次哈哈大笑起來。葉建華自也很是興奮，但有點跟不上藍音的哈哈大笑，她總覺得藍音的大笑有些異常，便說：「是不是又一次該說『我愛你』了？」藍音說：「不知道。」葉建華說：「那就去見見，見見就知道了。」藍音舉拳就打：「好啊你葉建華，敢拿我開心！」

葉建華邊笑邊躲閃著：「還不是你原形畢露，自個兒照照鏡子去！」這時的藍音臉色果然是白裡透紅，眼睛亮閃閃的，額頭都添了光澤了。藍音說：「我照什麼？你自個兒倒該照照，像是燒雲糊到臉上去了。」葉建華摸摸臉，還真有些發熱，她想，奇怪，她熱的是哪門子呢？

藍音和葉建華，到底還是去見金校長了。金校長家和學校只隔了一道牆，之間開了個小門，兩人從小門走出去，打聽到金校長家的住址，便徑直往那裡去了。

告訴她們地址的是位女教師，女教師往金校長家的方向一指說：「哪家熱鬧一準兒就是金校長家了。」果然，走過一排排的教師宿舍樓，聽到前面有陣陣的笑聲傳過來，循了笑聲走過去，就見一群學生正從樓裡往外走，學生身後跟了個大高個兒，在單元門口昏黃的燈光映照下，二人欣喜地認出，大高個兒正是她們要見的金校長。看來她們來得正是時候，金校長剛剛送走一撥兒學生。學生從她們身邊走過去，有的朝她們微笑，有的朝她們招手，她們卻一個也不認識。他們身後的金校長說：「看見了吧，這就是那兩個目中無人的人。」學生們「嘩」一下全笑了。她們也只好笑起來。兩人都沒想到，和金校長的見面竟是這樣開始的。

金校長家住在三樓，她們跟在金校長身後，邊走邊問他：「您每回都把學生送到樓下嗎？」金校長說：「不啊，今兒下去是專為迎接你們。」他一臉正經地開著玩笑，愈是這樣她們就愈忍不住要笑了，怪不得學生們喜歡來，他是這樣地叫人輕鬆呢。

二人在金校長有些凌亂的家裡坐下來。家裡只見到金校長一人，校長夫人王老師也不知哪裡去了。她們聽說王老師也是這學校的老師，教外國文學的，她們還一直沒對上號，本想這次來一併跟王老師聊聊的。她們聽到金校長說：「不用看了，你們師母沒在，回娘家去了。」她們問：「王老師娘家不遠嗎？」金校長說：「不遠，學生宿舍。」她們才恍然明白過來，就又笑了一陣。金校長說：「一有學生來，她就藉機回娘家去。娘家不是我說的，是她自個兒說的。」她們知道，王老師是留校老師，說學生宿舍是她的娘家也不無道理。但她們從金校長的口氣裡，更能聽出兩個人輕鬆自如的關係。這時，她們聽到金校長說：「來我這兒交作業來了？」

她們手裡各拿了一篇用方格紙抄寫好的小說稿，金校長顯然注意到了，藍音便答：「是啊，沒有作業哪敢登門拜見啊。」

不知不覺地，藍音也用了開玩笑的語氣了。

她們坐在對了茶几的長沙發上，金校長則坐了一側的單人沙發，說話時她們有時看了金校長，有時就去看面前的茶几。茶几上放了七八個茶杯，杯子裡有白水，有茶水，有剩半杯的，有只剩了黃色的茶漬的，其中兩個冒了熱氣的白水杯是她們的。金校長問她們喝不喝茶，她們說不喝，便趕緊站起來自個兒倒去了。她們一個去洗自己要用的兩個杯子，一個則要收起其餘的杯子去洗，後一個卻被金校長攔住了，說：「甭管了，甭管了，說話，說話。」後來她們就一直在那些不乾淨的杯子面前說著話。除了杯子，還有一隻茶壺、一把蒲扇、一串鑰匙、一個暖水袋、一堆瓜子皮、幾串水果皮、幾盒西藥、幾本夾了紙條的書。那書有的攤開著，有的反扣著。木製的茶几很是寬大，但茶几上擺得滿滿的，使一整個屋子都是滿的感覺了。葉建華和藍音幾次忍不住要站起來收拾茶几，都被金校長攔住了，他總是說：「先說話，先說話。」金校長的語氣是平靜的，他的平靜壓倒了一切，她們終也沒能去收拾茶几。

長沙發與單人沙發的拐角處有一隻落地燈，燈光打在金校長鼻子以下的地方，鼻子以上是燈的陰影。兩人從沒這麼近距離地看過金校長，過去一直是偉岸、帥氣的印象，可現在，就見校長的臉是粗糙的，下巴有些肥大，鼻孔有些朝天，只有嘴巴是好看的，卻又和鼻子離遠了，使人中顯得很長。人中是青色的，好像剛剛刮過鬍子。陰影部分的臉雖說模糊，反成全了帥氣的印象，那輪廓和平時的遠看分毫不差。她們都本能地將目光朝向陰影部分，彷彿那才是真正的金校長。

她們首先把小說稿交給了金校長，金校長接過去看了下題目，就隨手把它們放在了茶几上的蒲扇上。金校長這樣的塊頭想是用蒲扇才可解熱，但現在已是深秋，扇子早該收起來了啊。她們就看了蒲扇問金校長：「是不是怕熱？」金校長倒也坦率，說：「不是怕熱，是怕收拾。」她們便又笑起來，說：「那就放到明年夏天接了用，也省得收拾了。」她們奇怪著自個兒，話語竟是不自覺地在接近著金校長了。

她們和金校長說了一會兒小說稿，金校長認真地聽著，時而也做或長或短的插話。從插話中她們感受到了讓她們遠不可及的學識，但涉及到小說稿的部分也有讓她們不認同的。不認同就說不認同，她們願意和金校長坦誠相見。可金校長固執地堅持己見，用他成套的道理駁斥著她們，直到把她們駁得理屈詞窮。她們不得不敗下陣來，但內心仍是有些不服，因為小說要表達的隱祕部分，用語言是難以說清的，而金校長面對她們有限的語言表達，顯然難有「意會」的理解。後來她們索性把喜歡的佛洛伊德、弗洛姆、舍斯托夫、褚威格、羅蘭・巴特等搬了出來，以表示她們的小說並不是無源之木；可金校長好像並不在意，依然堅持著對小說本身的意見。最後，她們只好轉移話題，把向哲學老師請教過的問題又提了出來，為說清問題，只好仍以鞋帶為例。她們幾乎能肯定金校長和她們的看法一致。可沒想到，金校長的說法卻讓她們大失所望。

金校長笑道：「我倒覺得抽鞋帶這同學挺好玩兒，怎麼想的呀她？」金校長又說：「你們把它看得很嚴重嗎？不會吧，你們既然敢於我行我素、目中無人，對這點小事還會放在心上？不過是一種孩子氣的頑皮罷了。」

葉建華說：「頑皮倒也不怕，怕的是把它說成自由、解放的體現，誰反對誰就是循規蹈矩，誰就是思想不解放。」

金校長說：「我倒覺得這不是什麼壞事，思想禁錮得時間太長了，嚮往自由解放，怎麼說都不會過分，怕的倒真是循規蹈矩，不自覺地走過去的老路。」

藍音說：「那要只是表面的跟風呢？」

金校長說：「跟風也比不跟風好。表面都沒動靜，誰能證明你內心的自由呢？」

葉建華說：「不要誰證明，自個兒證明自個兒就夠了。」

藍音也說：「是啊，不要誰證明，那些表面跟風的人，反倒是需要通過跟風來證明的。」

金校長說：「自個兒證明自個兒當然最好，但那需要內心真正地強大，有時候，我都不能做到自個兒證明自個兒呢。」

金校長這麼一說，葉建華和藍音就都沒再吱聲了。是啊，金校長都難做到的事，我們何德何能，也就想想而已吧。

不過金校長還是鼓勵了她們，說她們善於讀書、思考，有自己的見解，這是非常可貴的，但一定要記住，生活和思考是相互聯繫的，實踐是檢驗真理的標準，忽略了生活實踐就等於一條腿走路，終究是難走遠的。

金校長說得語重心長，她們不由得一陣感動。她們想，是啊，在金校長面前，她們那點思考也許什麼都不是呢。

到了離開的時候了，她們最後看了一眼蒲扇上的小說稿，不知為什麼她們覺得這一晚上大家都在慢待它們。

金校長像送前一撥兒學生一樣一直把她們送到了樓下，一樓門廳的燈不知為什麼不著了，她們囑咐金校長上樓時慢一點，金校長說：「不放心你們就再把我送回去。」她們便哈哈地笑起來，邊笑邊離開金校長向回走去。

通往學校的小門已經鎖了，她們只好去走大門。她們都沉默了一會兒，將近大門口時，葉建華忽然說：「藍音，說說你的失望吧。」藍音說：「是啊，他為什麼要坐在那個位置呢？要是遠離落地燈，說不定會好得多。」葉建華說：「還有茶几，為什麼就不能收拾一下呢？」藍音說：「要是茶几乾乾淨淨，要是他遠離落地燈，我們就不會失望了？」葉建華說：「不知道，反正不如聽他的大課更過癮。也許是他太忙了，大課和校長事務已將他的精力用得差不多了。」藍音說：「也許是我們期望過高了。」葉建華說：「所以有時候，見倒不如不見了。」

兩人走過大門，走上通往宿舍的甬路。教室和宿舍的燈大都還亮著，卻比她們出門前安靜了許多。她們知道，這是熄燈前的安靜，她們回來得正好。但她們出門前是做好了意外長談的準備的，一想到在深邃、昏暗的思想之路上看到一個又一個的意外之光，受到一次又一次難料的引領，她們就不由得興奮難耐。

藍音說：「奇怪，剛才分手時不是挺高興的？」

葉建華說：「是挺高興。」

藍音說：「可一轉身我們就說起了失望。」

葉建華說：「有高興，也有失望。」

藍音說：「高興什麼？失望什麼呢？」

葉建華說：「高興的是見到了金校長，失望的也是見到了金校長。」

藍音便呵呵地笑起來。

葉建華說：「金校長是座大山，我們不過是個小土包。」

藍音說：「你這麼悲觀？」

葉建華說：「不是悲觀，是說和他的不一樣，他雖高大，卻未必懂得小土包的心路歷程。」

藍音拍手道：「對，對，『心路歷程』，是這詞。論學識，金校長沒得說，論對心路歷程的理解可就難說了。」

葉建華說：「對心路歷程的理解是需要細如髮絲的敏感的。」

藍音說：「沒錯，金校長絕不是細如髮絲的人。」

葉建華說：「是啊，我們失望的也許正在於此。」

藍音說：「其實想想，心路和心路，豈是容易溝通的？」

葉建華說：「倒是，我倆還常有難溝通的時候，何況跟金校長呢。」

藍音說：「我倆？我倆有嗎？」

葉建華說：「當然。」

藍音說：「什麼時候？」

葉建華說：「自個兒想去吧。」

藍音說：「我咋不知道？我真的不知道。」

藍音索性拉葉建華停下來，一定要葉建華說清楚。

葉建華只好說：「在你讀羅蘭・巴特的時候，在我讀弗洛姆和舍斯托夫的時候。」

藍音說：「噢，想起來了。那不能怪我，要怪你自個兒像換了個人，簡直就不是我眼裡的葉建華了。還有深入到某個問題核心的時候，還有讀你文字的時候，都給我強烈的陌生感。我常常想，哪個葉建華才是真實的呢？」

葉建華笑了說：「你其實也一樣，每個人都不可能是一面的。」

藍音說：「是啊，我也有對自個兒陌生的時候。所以金校長要我們一定記住，生活和思考是相互聯繫的。千真萬確，因為我們對自個兒陌生的時候，一定是某種思考說到了我們內心深處了，而不是單單思考書本的結果。」

葉建華說：「金校長以為我們是單單思考書本。」

藍音說：「是啊，其實我們這樣的人，是寧願單單思考生活也不會單單思考書本的，可惜金校長他好像不明白。」

葉建華說：「不過，金校長有一點讓我很感動。」

藍音說：「我知道你指的什麼。」

葉建華說：「你說。」

藍音說：「為我們說話的事隻字未提。」

葉建華說：「而在我們面前又替別的同學說話。」

藍音說：「哎，你說，那些話是他真實的想法呢，還是為了我們同學的團結？」

葉建華說：「應該是真實的想法，他的想法太包容了，彷彿什麼都是對的。」

藍音說：「因為太包容，自然就不好細如髮絲了。」

葉建華說：「還可以反過來說，因為沒有細如髮絲的敏感，所以才能包容。」

兩人原本是並排各走各的，說到這裡，藍音忽然拉了葉建華的手走著。藍音說：「我常常覺得，有你真好。」

葉建華感受著藍音纖細的手指，說：「我也常常覺得。」

兩邊的教室、宿舍，正在一個窗口一個窗口地暗下來，校園裡年輕的白楊樹們在黑暗中似變成了一個個的巨人。頭上沒有月亮，只看得見滿天大大小小的眼睛，一眨一眨的星星。葉建華望了那顆最大最亮的星星忽然想，如今她在哪裡呢？她聽到藍音輕聲問：「又想起你那位天使了吧？」她仍望了天空說：「是啊，你也是其中的一位。」

十一

從金校長家回來的那天晚上，葉建華和藍音都失眠了。葉建華躺在上鋪，能清晰地聽到藍音左右翻身的聲音。葉建華不知藍音為了什麼，她自個兒總覺得是那滿天星星的緣故，就彷彿星星的靈氣附著在了身上，愈躺，竟是愈發地清醒、興奮了。

宿舍的其他幾位女生都睡著了，她們有的起了輕輕的鼾聲，有的在「咯吱咯吱」地磨牙，有的說著莫名其妙的夢話。黑暗中，只有後窗上的一道光亮是可以讓目光停留的，那是房後的燈光，房後還有搖晃的樹影。葉建華知道那是棵棗樹，樹上的棗兒已被貪嘴的學生們摘光，只剩了一樹旺盛的枝葉。她的目光最後停留在那束於窗後探頭探腦的枝葉上。那束枝葉像極了一個人的身影，她不由得心頭一驚，不明白一直深藏的他為什麼會在這時候顯現出來。她明白的只是，一旦顯現出來，這又將是個失眠之夜了。

那是一段在文化館辦報的日子。

〈自行車的飛翔〉發表之後，她又先後發過幾篇，大約一年之後，她收到市某區文化館館長的一封信，大意是想請她到文化館做編輯工作，多長時間暫不能確定。當天她就把信給姐妹們看了，老五說：「看看咋樣，當初我說什麼來著？」老二說：「就甭廢話了，趕緊寫回信吧，時間不確定就不確定，就是一星期、一個月也得去，去了就可以拍了胸脯跟人說，我是當過大編輯的人了。」在大家的笑聲中，葉建華自是主意已定，她想，這回莫非是真要飛翔起來了？

事實上除了心裡的想像，在哪裡都是難飛翔的，沒有多長時間，葉建華就有了枯燥、無聊的感覺。館長給她的任務是辦一張民間文學的小報，資料是現成的，多是下邊文化站長搜集來的民間傳說之類，當然也有少量古蹟、文物的開掘。她對內容興趣不大，對辦報的過程卻滿有新鮮感，組稿，編稿，畫版，送報社印刷廠鉛字排版，看揀字工人面對數不清的反體漢字挑來選去，還有好看的題圖、尾花……，一切都是那麼有效率，原本寫在稿紙上的文字，經過她的幾天忙碌，竟是變成了一張好看的滿是印刷體的報紙了。但新鮮感是短暫的，一切不過是體力消耗和技術流程，和她的內心毫無關係，甚至在編寫那些稿件的時候，她也是心靜如水，沒起過一絲的波瀾。意外的是館長對報紙倒格外滿意，他說：「沒想到我多少年的願望，你短短幾天就替我實現了，看來我是沒選錯人啊。」她看他已是滿頭白髮，不禁忽生憐憫，不知這樣的願望又有多少意義。

好在文化館隔壁是一家電影院，漸漸地她熟悉了辦報流程，空閒就多起來，她便跑到電影院去，看一會兒電影，或者看畫電影廣告的老馬在大大小小的看板下提了個小桶忙來忙去。老馬是個胖子，待人隨和、厚道，他長了一張圓臉，一雙厚嘴唇，嘴角永遠是上翹的，彷彿隨時要對人笑一樣。每回來，老馬都問她一句：「怎麼樣？」她便答：「挺好的。」他見別人也這麼問，口頭語似的，只不過問她時看了她的眼睛，明顯帶了幾分認真。他還常拿個手電筒帶她進電影院找座位，不忙時還在她身邊看上一會兒。但有時候他也會罵一句「他媽的」，一罵「他媽的」大家就都知道是院長惹他生氣了。院長是個老女人，愛挑剔，大家都不喜歡她，都希望老馬能當了院長的面罵一回「他媽的」，可攛掇了多少回也沒成。據說老馬一輩子也沒跟人紅過臉，罵一句「他媽的」於他想必也是一種極限了。

有一天，電影院放映芭蕾舞劇《紅色娘子軍》，葉建華看過無數遍了還是想看，老馬拿個手電筒將她引到座位上，忽然說了句：「這幾天忙呀，忙死老子了。」葉建華不由得吃了一驚，她還從沒聽老馬自稱過老子，想問，老馬卻已經急匆匆地走開了。看了一會兒，葉建華終還是走了出去，目光尋到老馬時，發現離老馬不遠處還多了個年輕人。就見年輕人站在大廳側面的一架木梯上，正拿了畫筆畫人的臉，一男一女，戴了紅軍帽，可兩張臉太大了，看板上只夠畫半拉的。這年輕人穿了身藍色工作服，瘦高的身材，白皙的脖頸，一頭柔軟的稍稍有些鬈曲的頭髮。葉建華不由得一怔，這不是他麼？待他有一刻轉過身來，見他眼睛又黑又亮，皮膚又細又白，一笑一口雪白的牙齒。天啊，可不就是他嘛，瓦工組的那名技工，從沒跟她說過話的。她便也衝他笑了，問：「你怎麼在這兒？」他說：「幫忙來了。」她問：「你還會畫畫？」他說：「瞎畫。」

她問：「建築隊那邊呢，不去了？」他說：「去，這邊忙完了就回去。」說完回身繼續畫他的。她仰頭望了他，不禁有些不甘心道：「你咋不問我為什麼在這兒？」他頭也不回地說：「你這樣的人在哪兒都不奇怪。」她說：「我是什麼樣的人？」他說：「在哪兒都可能遇到的人。」她不由得笑道：「你的意思，我就是個流浪者唄。」他說：「彼此彼此，我也一樣。」她說：「原來你是個流浪者，就以為別人也跟你一樣啊？」他回頭衝她笑了一下，就沒再說什麼了。但只這一笑，已讓葉建華覺得整個大廳都燦爛起來了。

這時一直沒說話的老馬忽然問葉建華：「你跟小鹿原來認識啊？」

葉建華這才意識到旁邊還有個老馬，且她正是為了老馬才走出來的。就見老馬臉上的笑意跟平時不大一樣，像是努力擠出來的。她趕緊答道：「哪個小鹿，你指他嗎？原來他姓鹿啊！」

葉建華自個兒都覺得有點荒唐，名字都不知道，對人家的喜歡卻止都止不住。

她聽到老馬說：「他跟院長一個姓，管院長叫姑呢。」

葉建華便有些明白，小鹿來這裡想必是院長的意思了，可不管怎樣也是添了人手，老馬為什麼還要說忙死了呢？

她聽老馬又說：「院長她自個兒就不靠譜兒，派來的人就更甭指望靠譜兒了。」

她吃驚地看著老馬，就見他站在另一個木梯上，正畫著一雙眼睛。看板上一片空白，只有一雙晶亮的眼睛懸掛在正中央，看上去怪怪的。老馬說過，他畫人跟別人不一樣，得先畫眼睛，眼睛畫好了整個畫面都有底了。不過他畫的眼睛永遠看不出年齡的區別，嘴型也大同小異，通常是和他相似的紅嘟嘟喜洋洋的船型。就是這樣的一張嘴，此刻卻破天荒地尖酸刻薄起來了。她看他的手像是有些抖，兩條腿外面的肥腿褲也顫顫的，就像是有微風吹過一樣。她不禁喊道：「馬師傅您沒事吧？」老馬回答說：「沒事，我能有什麼事，別人不給我添事就算燒高香了。」

葉建華去看小鹿，見他沒事人似的，依然投入地畫著，好像老馬說的是另一個人。看板上的兩個半拉臉愈來愈清晰著，顯然是洪常青和吳瓊花。葉建華看著，雖不大習慣，卻又有一種說不出的震撼。而兩張臉下方的一角，是一雙芭蕾舞鞋的輪廓，沒有腿，沒有腳，只有一雙舞鞋。

這時，就見小鹿忽然轉過頭衝她叫了聲：「葉建華！」

葉建華一怔，又不禁一喜，他竟是知道自個兒的名字的！就聽他說：「你看咋樣？」

他是指了他的畫問她的，好像她是個內行人一樣。她便說道：「說不好，反正挺引人注目的。」

他說：「這就對了，要的就是這效果。」

老馬說：「引人注目也不能是這麼個辦法，一會兒你姑來了，就知道是什麼效果了。」

老馬的嘴繼續刻薄著，顯然是他不同意小鹿的畫法，而小鹿又不肯聽他的，才惹得他如此生氣的。

葉建華正不知如何是好，只聽小鹿說道：「我早問過你，你說想怎麼畫就怎麼畫，沒有那麼多條條框框。結果真按我想的畫了，你又不幹了。」
老馬說：「天啊，你倒有理了，早知你是個沒規矩的，就不如我自個兒幹了。」
小鹿說：「馬師傅啊，等我畫完了，您再說這話好不好？」
老馬說：「說來說去就怪你姑，我要的是寫字的，偏給一個畫畫的來。」
小鹿停頓了一下，忽然一指下面的葉建華：「這就是個寫字的呀！」
老馬說：「你這小子，我說正經的呢。」
小鹿說：「我也說正經的，不信你讓她寫寫試試。」
老馬不再理小鹿，繼續著他的畫。
小鹿嘆口氣說：「你這個人啊。」
這時，葉建華看了老馬說：「馬師傅，您要是忙不過來，我就試試看，反正閒著也是閒著。」
卻沒有葉建華預料的驚喜，老馬說：「你還真會寫字啊？」
老馬顯然仍不相信，彷彿平時對葉建華的友好，只不過看她是個可以友好的異性罷了。現在說到寫字、畫畫這樣的事，豈止是不相信，簡直有些不屑呢。
葉建華說：「哪敢說會，不過是寫著玩兒。」
老馬說：「我這兒反正都要忙死了，你想試試就試試吧。」

老馬慢騰騰地走下木梯，從地上的一堆毛筆裡挑出一支遞給葉建華，說：「先寫幾個字我看看。」

葉建華接過筆，蘸了桶裡的顏料，在一張廢紙上寫了「電影院」三個字，一個用的楷書，兩個用的仿宋。

老馬說：「再寫幾個。」

葉建華便又寫了「馬師傅小鹿紅色娘子軍」。

老馬說：「好，好，還行，就寫仿宋吧，楷書差點功夫，也太慢了。」

老馬臉上有了些許笑意，卻仍沒有驚喜，只說：「怎麼不早說？」

葉建華說：「只以為您這兒是畫畫的事，哪知還有寫字啊。」

葉建華又說：「您要覺得行，是我跟館長去說還是您去？」

這時，站在木梯上的小鹿忽然說：「你不能去，電影院請你幫忙，就得有請的樣子。」

葉建華雖知這話不會讓老馬高興，但還是由衷地喜歡，她便去看老馬。

老馬臉上的笑意果然全部消失，他沒看小鹿，也不去看葉建華，只看了地上葉建華剛寫下的字說：「這事你甭管了，我跟你們館長說去，有機會多給他幾張免費票齊了。」

葉建華知道館長在區裡認識的人多，跟他要電影票的人就多，文化館挨了電影院，人們便想當然地認為電影院也有文化館的一份。

老馬說完就往廁所那邊去了，葉建華聽到小鹿說：「哎，你咋知道是那個鹿？」

葉建華說：「直覺。」

小鹿說：「這是最省事的回答。」

葉建華說：「你這個人不可能是大路的路。」

小鹿說：「沒錯。馬師傅、小鹿、紅色娘子軍，哈哈，咋想的啊你？」

葉建華看看地上的幾個字，也不由得大笑起來。

笑是能感染的，感染別人，也感染自己，笑著笑著葉建華便有些止不住了，有一刻不由得都捂起肚子來了。自從到文化館以來，還從沒這麼大笑過呢，葉建華自知有點傻，可她不知為什麼就想任由自個兒一回了。

小鹿那邊也笑，邊笑邊畫。她和小鹿就近在咫尺，且以後的幾天天天都將是這樣的距離了。真好，意外的事一件連了一件，意外得都讓她有點不敢相信了。她甚至忽然生出個念頭：為了這幾天，就算是文化館的工作丟了也認了。這念頭把她嚇了一跳，哪跟哪的事啊，連人家小鹿叫什麼都不知道呢。

很快地，老馬就跟館長說妥了，辦報的事不耽誤，又有了索要電影票的理由，館長何樂不為呢。

誰知，葉建華這邊妥了，小鹿那邊倒出了問題：老馬在老鹿面前告了小鹿的狀，老鹿也親眼看到了小鹿的廣告畫。老鹿說：「畫得還行啊，怎麼了？」老馬一個沒忍住，話就脫口而出了：「如今真他媽的沒理可講了。」老鹿說：「你敢罵我？」老馬怔了一下，說：「不是罵你，我是說這件事。」老鹿說：「這件事就是我在做呀，不是罵我難道是罵你自己？」老馬說：「沒錯，就是罵我自個兒。」老鹿卻又是個較真的，說：「那就說說看，罵你自個兒什麼呀？」這時，已有些電影院的員工圍攏過來，有興致地聽著。這個老馬，終於有膽量當了院長罵一回「他媽的」了，可罵完像又草雞了，他們多希望老馬痛痛快快地罵一回啊。老馬看看大家鼓勵的眼神，卻已來不及把話收回去了，只得沒好氣地說：「罵自個兒什麼？罵自個兒不識畫，畫了一輩子的畫竟看不出個好歹來；罵自個兒愚笨，領導的侄子都照應不好，這點小事做不好還他媽的有什麼用啊！」老鹿說：「你也不用夾槍帶棒的，以為我聽不出啊！沒錯，那是我侄子，可我侄子也不是白吃閒飯的。哎，大家可以看看那畫去，老馬說不行，你們看了要都說不行，我二話不說立馬叫他走人，我才不管侄子不侄子的，我一向是任人為賢，舉賢不避親的！」

老鹿是個白了頭髮的瘦老太太，一雙薄嘴唇說起話來幾乎沒人是她的對手。她原本和老馬是在院長辦公室理論的，大家一聽真就往電影院的前廳去了。就看見前廳裡一男一女兩個年輕人，一個畫畫，一個寫字，正無牽無掛地忙碌呢。

老鹿一眼就發現了葉建華，問老馬：「她是誰？」

老馬說：「文化館的小葉，來幫忙的。」

老鹿說：「哪個批准的？」

老馬說：「我跟館長說好了，就幾天，又不要咱工錢。」

老鹿說：「你跟館長說好了？用人的事，你一個員工怎麼能擅自做主呢？」

由於瘦，老鹿的顴骨很高，這麼說話的時候顴骨就更高了，彷彿那話是靠強硬的顴骨說出來的。

老馬的臉立刻漲紅起來，說：「擅自做主，操，屁大點事，還擅自做主……」

老鹿打斷他說：「老馬你又罵人，今兒你可罵過兩回了，再罵我可就不客氣了！」

老鹿的食指直指老馬的圓臉，她的胳膊和手指都長過一般人，此時就像一桿槍似的有力量。也不知是被她的手指嚇的還是不知說點什麼，就見老馬漲紅了臉，大張了嘴，喉結莫名其妙地滾動著，到底也沒說出話來。

老鹿這才收回胳膊，讓小鹿挪開木梯，指了小鹿的畫問大家：「咋樣，是行還是不行？」

大家看了又看的，不說行，也不說不行，只說沒見過這麼畫的，說這玩意兒得懂行人說了才靠譜兒。

老鹿說：「懂行不懂行的，第一它畫得像，第二老遠地就能吸引你，一個電影廣告，我看有這兩點也就夠了。」

有人就說：「要只說這兩點，我看還行，反正幫幾天忙的事，又不跟老馬搶飯碗，是吧老馬？」

老馬噘了嘴不吱聲，就又有人說：「姑姑替侄子安排個飯碗，還不是一句話的事？」

立刻有人附和說：「是啊，是啊，怪不得人家老馬不幹呢，擱誰頭上也得撲愣兩下。」

老鹿正想說什麼，老馬倒先有點急了：「哪跟哪啊，跟這屁的關係都沒有，找人幫忙還是我先提出來的。」

老鹿說：「聽見沒有，這事不必我再說什麼了吧？退一步講，就算有一天真招個美工來，也只會錦上添花，絕不會偷樑換柱，老馬多少年的資格了，我想換也得換得了啊。」

有人就說：「聽話聽音兒，老馬啊，說不定還真要給你添人哩。」

老馬說：「我巴不得呢，前腳添人，後腳我就請大家的客。」

大家說：「既然這樣你幹麼還不容人家呢？」

老馬說：「他媽的我是不容人的人嗎？是不聽話，讓他寫字，他非畫畫，讓他這樣畫他非那樣畫，他以為他是誰，不過一個建築隊的臨時工嘛！」

大家這才恍然明白，不是畫的事，是不聽話的事，想不到老馬這麼隨和的人，也如此在意聽話不聽話呢。至於老馬那聲「他媽的」，顯然不是罵大家，更不是罵院長，倒像是罵那臨時工的。一個臨時工，甭說罵，就是打他一頓，跟他們又有什麼關係呢？

不過大家又不甘心就這麼散去，便有人說道：「怪不得人家老馬要找小葉，誰不想找個好使喚的，不好使喚咋幹得成事呢？」

老馬趕緊說：「找小葉首先不是人家好使喚，是字寫得好，要不是小鹿推薦，我也不知道呢。」

大家聽得便有些糊塗，老馬巴不得趕小鹿走，小鹿卻又推薦了小葉，小鹿不是腦子進水了？老鹿也有些懷疑地問：「小葉是小鹿推薦的？」

老馬說：「千真萬確，不信你問問小鹿。」

大家便都去尋看小鹿。記得小鹿就倚了木梯站著，小葉則倚在木梯的另一邊，這時小鹿不見了，小葉也不知哪裡去了，木梯兩邊已變得空蕩蕩的。有好事的還往靠牆的看板後去瞅，有人便取笑，找什麼呢，又不是一對貓狗。

是啊，一對大活人，說的又是他們的事，哪裡去了呢？老馬和老鹿兩個，相互看看，立刻又都移開了目光，唉，還有比這不靠譜兒的事嗎？

沒有一個人會想到，這時的小鹿和小葉，正神清氣爽地坐在裡面的電影院裡呢。

因為大家來之前葉建華問過小鹿，喜不喜歡看《紅色娘子軍》，小鹿說喜歡。待大家來到後，他們聽了一會兒，小鹿忽然一碰葉建華的手指，說：「走，看《紅色娘子軍》去。」葉建華聽得正著惱呢，二話沒說跟了小鹿就走。待找到座位坐下來，葉建華說：「怪事，咋就沒人攔呢？」小鹿說：「怪什麼，沒看他們眼神兒都在院長和老馬身上？」葉建華驚異著小鹿的細心，嘴裡說：「是啊，咱不過一個臨時工嘛。」
葉建華是隨口一說，誰知小鹿接過去說：「看似老實厚道的人，才可能最可惡呢。」
葉建華說：「你是說老馬？」
小鹿說：「是老馬。」
葉建華不知如何作答，心想這小鹿貌似平和，內心卻又敏感又犀利呢。她只好說：「你也是，不過幫幾天忙，他說咋畫就咋畫，何必惹他生氣？」
小鹿說：「不是我惹他生氣，是他惹我生氣啊。一看見他畫的那些胖嘟嘟的圓臉，我就氣不打一處來，一個人跟他似的，一百個人還跟他似的，再不把廣告當藝術也不能天天複製啊。」
葉建華說：「所以你那麼畫是故意的？」
小鹿說：「不幹便罷，既幹就得有點新鮮感。」
葉建華說：「好歹你姑是支持你的。」
小鹿說：「她不是支持我，是支持她的權力，她做成的事怎麼能容別人來推翻？就好比你的事，她第一反應不是你合適不合適，而是她的權力是不是受到了侵犯？」
葉建華嘖嘖稱讚說：「看不出啊，深刻，深刻。」
小鹿說：「唉，平時我從不亂發議論的，今兒也不知怎麼了。」
葉建華心動了一下，說：「其實你不是不想發議論，是沒有合適的人發。」

葉建華又解釋似的說：「不是說我就是那個合適的，今兒一切不過是趕巧了。」

小鹿說：「不是趕巧，你就是那個合適的，我能肯定，早就能肯定。」

小鹿說得坦坦蕩蕩的，讓葉建華聽出沒有一點兒女私情的意思，但她還是有說不出的歡喜，就覺得這電影院太好了，《紅色娘子軍》也太好了，若沒有它們，她哪有和小鹿坐在一起的機會，又哪來的說話的歡喜呢。

他們坐在最後一排，後面幾排空蕩蕩的。耳邊是好聽的音樂，銀幕上是好看的舞蹈，把扛槍打仗的事弄得這麼美也算是種本事吧，儘管他們對扛槍打仗的事並不感興趣。有時他們中的一個，便指了某個動作或褒或貶，另一個便點頭或搖頭。這些褒或貶他們也從沒跟別人說過，就像葉建華說的，不是不想說，是沒有合適的人說。而現在，他們很輕易就說了出來，一說就是通的；即便搖頭，另一個也懂搖頭的道理。他們便更明白，不是只有保密的話才不能跟人說的，還有隔了幾堵牆的話，因為說了也是白說。然後，他們又很輕易地回到原來的話題。話題對他們也是通的，就算是隔了千山萬水的話題，到他們這兒卻可能一秒鐘就融為了一體了。

唯一有點彆扭的，是電影院的音響聲兒太大了，他們卻又不能大了聲兒說話，有時聽不清就只好看了對方的口形猜測。好在他們竟沒有猜錯的時候，便使這點彆扭更為他們的默契做了證明，彆扭倒似變成了好事了。

有一刻葉建華忽然問小鹿：「電影院和建築隊，更喜歡哪個？」

小鹿說：「建築隊。」

葉建華驚異道：「可是真話？」

小鹿說：「當然，因為電影院有我姑啊。」

葉建華便笑了，說：「你不想讓人管，而你姑又是最愛管人的人。」

小鹿便笑。

葉建華說：「可是，建築隊也有人管的啊。」

小鹿說：「瓦工組組長是個好人，他不管我。就好比這回出來幾天，他就不會讓領導知道。」

葉建華說：「你嘴上說建築隊好，可還是來了有人管你的地方。」

小鹿說：「我這個人，不能總在一個地兒重複做一件事，時間一長心情就不好。所以一直沒要求轉正，好幾次機會我都放棄了。」

葉建華望著小鹿，黑暗中只看得見他發亮的眼睛和好看的臉型的輪廓。她想，為了心情就放棄轉正的機會，也只他能做得出來了。

她聽到小鹿說：「哎，你不是也放棄過？」

葉建華不由得一怔：「放棄什麼？」

小鹿說：「轉正的機會啊。」

葉建華說：「誰給過我？」
小鹿說：「洪偉剛啊。」
葉建華說：「他說的？」
小鹿說：「大家都說。」
葉建華說：「大家咋說？」
葉建華一句跟一句的，一句比一句口氣警覺，小鹿不禁說：「哈哈，這才有點像你了，咄咄逼人啊。」
葉建華說：「你不說我也知道大家咋說。」
小鹿說：「大家說的我其實從沒相信過，雖說從沒跟你說過話，但我知道你這樣的人跟洪偉剛壓根兒兩碼事。」
葉建華說：「那你說我是為什麼離開的呢？」
小鹿說：「跟我一樣，不想讓人管，不想讓人強迫。」
葉建華說：「你真這麼想？」
小鹿說：「當然，你這樣的人，不可能因為別的。」
葉建華一下子沉默了，淚水不由自主就湧滿了眼睛。
離開建築隊多少日子了，今天終於有人說了句公道話。原來，公道話不一定就來自熟悉自個兒的人，如小鹿這樣的，不是和他連句話都沒說過麼？她還曾想過有一天遇到可以說話的人，她也許會說出與洪偉剛的真相，可在小鹿面前，更多的說顯然是多餘的了。

她聽小鹿又說：「我還從沒見過這樣的男人，那麼想把私事演給別人看。」

她問：「你是在說演嗎？」

小鹿點點頭。

她說：「表演的演？」

小鹿說：「表演的演。」

她說：「這是第一次聽人這麼說他。」

小鹿說：「你覺得不是這樣？」

她說：「太是了，我一直找不到合適的詞，被你一下子說中了。」

小鹿說：「不過這種演還是有力量的。」

她說：「是啊，我都要被他打動了，要不是他太心急……」

小鹿說：「不是心急，是他要的和你要的不一樣，他要的是看得見的，你要的一般人看不見。」

她說：「又被你說中了。」

她看著小鹿，小鹿接應著她的看，但沒多長時間小鹿就移開了視線。

她說：「你要是個女的就好了。」

小鹿說：「怎麼？」

她說：「可以抱抱你。」

小鹿說：「男的也可以呀。」

她說：「真的？」

小鹿說：「真的。」

小鹿的語氣裡雖沒有敷衍，卻仍是那麼坦蕩、磊落、不示私情；奇怪的是，她自個兒與他親近的欲望也並不強烈，好像與他的說話早將那欲望瓦解掉了似的。

這時，就見門簾處一道光亮，走進來一個拿手電筒的人。手電筒的光亮在後幾排裡晃來晃去的，終於晃到了他們兩個身上。

他們聽到了老馬的聲音：「怎麼樣，就知道你們會在這兒。」

他們以為老馬是來叫他們的，正要起身，就見老馬轉身一挑門簾，自個兒倒先走出去了。葉建華說：「老馬你什麼意思啊？」卻終也沒聽到老馬的回音。

葉建華說：「看來他們是生氣了。」

小鹿說：「甭理他們，好好看會兒電影吧。」

葉建華說：「可是……」

小鹿說：「這事是咱們幫他們的忙，對不對？」
葉建華點點頭。
小鹿說：「不是咱們求的他們，是他們請的咱們，對不對？」
葉建華又點點頭。
小鹿說：「可你不覺得，現在是反過來的，好像他們在施捨我們？」
葉建華說：「道理是這樣，可現實……」
小鹿說：「正因為現實不講理，我們才不能屈服它。」
葉建華說：「那你姑姑的面子……」
小鹿說：「她只是個面子，我們卻連平等的位置都沒有呢。」
小鹿說出了「平等」，讓葉建華不由得心頭一震。
小鹿又說：「當然，我不會勉強你。」
這時的葉建華，卻如同被點燃了一樣，猛然一拉小鹿的手說：「沒錯，平等，又被你說中了。這些年我日思夜想最想得到的，其實就最是它了！」
葉建華又說：「不要說勉強不勉強的話，只要是你說的，就一定是對的！」
話說出來，葉建華自個兒也感到了吃驚。她這樣的人，不是最不想讓人管、最不想讓人強迫嗎？

她感受著她和他的拉手，他的手細長柔軟，一點不像建築工人的。這是一次無意識的拉手，待意識到時，葉建華發覺自個兒竟也毫無想像中的情欲。她感覺小鹿也是如此，他沒有退縮，反緊緊地握了握，就像好朋友、好兄弟那樣。她一邊奇怪著，一邊放開小鹿的手，想像他到底從哪裡來。一般人她從口音、相貌就能猜出八九，可小鹿這個人，像是農村、城市都不屬於，像是從很遠很遠的地方來，還要到很遠很遠的地方去的⋯⋯。實在想不出了，葉建華也只好學小鹿的樣子，安靜地看起電影來了。

十二

但沒等電影看完，老馬又回來了，這回他徑直走到他們跟前說，勞駕，院長請二位去呢。他的語氣明顯是嘲諷的，他們一時還難從精湛美妙的舞蹈中分離出來，便沒在意，只一步一回頭地跟隨老馬走了出去。

外面院長的臉色已是非常難看了，她說：「本來已跟老馬說妥了，要他一個人加加班，辛苦辛苦，把這幾天熬過去，你們就算了，從哪兒來還回哪兒去，反正這活兒幹不幹的你們也無所謂。可實在不巧，剛才老馬接到電話，說老婆住院了，要他趕緊到醫院去。沒辦法，這事還得重新考慮。我想知道的是，老馬不在，這攤子你們能不能擔得起來？」

小鹿點了點頭。葉建華也跟著點了點頭。

院長說：「這事可不是兒戲。」

小鹿說：「知道。」

院長說：「那我就信你一回。」

小鹿說：「哪回沒叫您信了？」

院長說：「還哪回，剛才說得好好的，你們莫名其妙地走開是什麼意思？」

小鹿說：「剛才是你們說得好好的，跟我們沒什麼關係吧。」

院長說：「說的不就是你們的事啊？」

小鹿說：「既是說我們的事，沒一個想聽我們怎麼說，我們離開，還沒一個人發現我們。」

院長說：「你這孩子，什麼時候學得油嘴滑舌了，怪不得老馬生氣呢。這樣吧，老馬著急上醫院，先說他的事吧，你們的事不能算完，有時間咱們再坐下來好好說說。」

院長一臉不高興地走了，剩了老馬，將二人帶到前廳一側的一個房間，交代顏料、紙筆以及要畫、要寫的資料。然後老馬說：「雖說就你們兩人，還是找一個負責的吧。」葉建華說：「不必了吧。」老馬說：「你們不好說，我就說一個。葉建華，就你吧，這幾天多操點心，有什麼事可以隨時給我打電話。」沒待葉建華說什麼，老馬又轉向小鹿說：「畫什麼我都交代清楚了，怎麼畫你就看著辦吧。不過年輕人，我還是想告訴你一句話，這輩子我畫的畫比你看的畫都要多，人要張狂，是要有資格的。還有我那幅沒畫完的畫，千萬別動，我會及時回來把它畫完的。」

葉建華就看小鹿，這時倒平和得出奇，他臉上帶了笑意，有幾分恭敬地聽著，有時還微微地點一下頭。待送走老馬，葉建華說：「你這個人也有謙虛的時候呀。」小鹿說：「不是謙虛，人家老婆都住院了，還不讓人家說上幾句？其實他也怪可憐，一輩子兢兢業業，一輩子都在原地踏步。」葉建華說：「剛想說你善良，又張狂起來了。」小鹿說：「說他原地踏步也是善良，是大善。只可惜他不懂，還以為是一種資格。」

葉建華明白小鹿說的什麼。老馬於她來說，是一個和氣的長者，但少有生氣；而小鹿是充滿了活力，特別是他的敏銳，老馬更無法相比，要說資格，還有比這更重要的資格嗎？可剛才所有的人，包括小鹿的姑姑，全都視而不見，反要板起臉來指責、教訓。說到底，還是一個身分吧，在身分面前人們多麼方便、省事啊，不必細細體會、理解某個個人，看身分、地位就可以下結論了，就像一架識人的機器，自動分類，小鹿、小葉之類早被自動分到另冊去了……

這時葉建華聽到小鹿問：「想什麼呢？」

葉建華說：「沒想什麼。小鹿你說，老馬交給的這些事，咱能不能完成？」

小鹿說：「放心吧，沒問題，而且還會比他幹得更好。」

葉建華說：「又張狂了。」

小鹿說：「還真不是張狂，跟你透個底，我在一家電影院幹過一年美工呢。這事都沒跟我姑說過。」

葉建華喜道：「太好了，那你說咋幹吧？」

小鹿說：「我這人不想讓人盯著、催著，要幹就趕早不趕晚，今兒就甭回去了，連夜幹咋樣？」

葉建華說：「行啊，聽你的。」

小鹿說：「還有，你那字我建議還是寫楷書，比仿宋也慢不到哪裡，還順便可以練字。仿宋那是美術字，寫著多沒勁。這麼寫上幾天，你那楷書說不定會高出一大截呢。」

葉建華說：「好，也聽你的。」

接下來，兩人開始策劃一些細節，畫幅的大小、布局、看板的位置安排等等。這些葉建華都是頭一回接觸，自是也都聽小鹿的。有一刻葉建華就說：「哎，不對呀，負責的該是我呀，咋都變成聽你的了？」小鹿便笑，葉建華也笑，笑著笑著就收不住了，又彎腰把肚子捂起來了。

到了吃飯的時候，小鹿帶葉建華到附近一家小飯館吃了盤豆芽炒餅，葉建華連說好吃，說：「每天在這兒上班咋都不知道？」小鹿說：「你才待幾天，我從小就在這條街長大的呢。」葉建華說：「原來你是城市人啊，還以為你是天上掉下來的。」小鹿說：「怎麼講？」葉建華說：「在我認識的農村人和城市人裡，你哪類也不像。」小鹿說：「這就對了，這正是我的目標。」葉建華說：「你的目標？什麼目標？」小鹿說：「做人的目標。」葉建華說：「不做農村人也不做城市人？怎麼可能，只你那普通話就得歸到城市。」小鹿說：「你也是說普通話的呀，還很標準，沒有一點農村人的口音。」葉建華說：「這我也早注意過，你也沒有城市人的口音。」小鹿說：「這細節一般人是聽不出來的。」葉建華說：「那我就不是一般人。」小鹿說：「天上掉下來的。」葉建華笑道：「你自個兒張狂也罷，還要把我也捎帶上。」小鹿說：「怎麼是張狂，是認識自己，我的目標就是做一個真正的自己，不學雷鋒，也不學劉胡蘭，不學任何一個，就做真正的自己。」葉建華說：「看不出你很反動啊。」小鹿說：「恰恰相反，我才最是順勢而行的人，順人的本性之勢。」葉建華說：「我認識的人中，你是第一個說這話的，做真正的自己。」小鹿說：「這話不是我說的，是從一本書裡看到的，那時我剛出校門一段時間，正有點茫然無措。從此我就認定，這才是我真正的目標，其他任何目標都是假的。也是我運氣好，緊接著就碰到了一位中學老師，他北大中文系畢業，課教得好好的不知怎麼就自薦到一家電影院當了美工。他自嘲說是上帝可憐他從小父母雙亡，讓他考上北大不算，還幫他逃過了文化大革命一劫。像他這樣喜歡在課堂胡說八道的人，運動中還不被亂棍打死？當時我沒工作，他那兒恰好也需要幫手，就跟他搭上伴了。那一年大約是我最好的一年，幾乎天天都會有思想的火花將我點燃。他不教書真是可惜了，多少學生都失去了被點化的機會啊。可他對這看法連連搖頭，他說你若是塊石頭，給你再熱的溫度也孵不出小雞，想做自己的人絕不會是多數。」

這時，小鹿盤裡的炒餅早已吃完，他目光迷離地望著窗外，像是仍沉浸在那段「最好」的日子。

葉建華問：「吃夠了？」

小鹿說：「夠了。」

葉建華說：「你吃飯沒聲音，還吃得少，貓吃食一樣。」

小鹿笑笑，仍望向窗外。

葉建華說：「要是我，就永遠跟他待下去。」

小鹿說：「我也這麼想過，可他那樣的人怎麼可能永遠是個美工，就算他願意，上帝也不會答應的，果然一年以後，他就被調到北京某畫院去了。從此他的愛好是畫畫，工作也是畫畫了，從此他做那個真正的自己就更方便了。可他的學生，卻像一個丟了拐棍的人，往那個目標走得更艱難了。他來信鼓勵我說，不要太看重這些表面的變動，只要心念不變，走向目標的歷程是一樣的。他也並不期望我留在那裡，他說他肯定我已不適合做其他任何一個人的助手。」

葉建華說：「就這樣，你便去建築隊了。」

小鹿說：「我喜歡平地起高樓的感覺，天天都有變化。工作本身不重要，重要的是心理感覺。」

葉建華說：「感覺是有了，可畢竟要跟人打交道，你這樣的人，跟瓦工組的人是咋相處的啊？」

小鹿說：「當自己人一樣處。」

葉建華說：「你這麼高傲的人？」

小鹿說：「洪偉剛是關心別人，我是正相反，人家關心我，關心我就接受，從不拒絕。當然有時我也關心人，悄悄的，我最怕人家不好意思，人家不好意思，我自個兒就更不好意思了。」

這時，葉建華忽然想起什麼似的，說：「壞了，瓦工組這會兒下班了吧？」

小鹿說：「幹什麼？」

葉建華說：「讓我們村的老平子給家裡捎個信兒，今兒晚不回去了。」

小鹿說：「早跟他說過了。」

葉建華驚奇道：「什麼時候？」

小鹿一笑說：「打個電話還不方便。」

葉建華說：「工地上哪來的電話？」

小鹿說：「瓦工組的人，總有辦法讓我找到的。」

兩人說著話，葉建華也吃完了，她叫來服務員結帳。服務員看一眼小鹿說：「已經結過了。」

葉建華再次驚奇道：「你不是會分身術吧，一直沒見你離開啊。」

小鹿便笑。葉建華感動著，嘴裡卻說：「放心吧，我不會不好意思的。」

兩人起身往電影院走，遇到汽車，小鹿總是下意識地將葉建華讓到便道那邊，好像每一輛汽車都是個危險似的。葉建華便說：「你本質上是個善良的人。」小鹿說：「其實我是個膽怯的人，每輛汽車開過來，我心跳都會加速。」

說話間，又一輛汽車開過來，葉建華忽然就伸手去摸他的胸口，果真「咚咚咚咚」的，跳得又快又響。葉建華的心跳也不由得加快起來，她不知自個兒的手怎麼伸出去的，只好努力裝作大大咧咧的樣子說：「果然是個膽小鬼，哈哈！」不過她能肯定小鹿的「膽怯」她是第一個知道的，為此她內心的欣喜猶如波濤一樣，很長時間都洶湧澎湃著。

這天晚上，他們就一直在電影院的前廳忙碌著，小鹿畫畫，葉建華寫字。電影院已走完了最後一場觀眾，只剩了一個值班的老王頭兒。老王頭兒好像閒得無聊，看一會兒小鹿，又看一會兒葉建華，看著看著就要發幾句議論。他說：「畫畫就是畫自個兒呢，老馬畫出來的人是胖胖的、笑咪咪的，小鹿你畫出來的人就是瘦瘦的、冷冰冰的。」葉建華就說：「小鹿可不是冷冰冰的。」老王頭兒說：「不信你看吳瓊花，甭看她是個女的，也有點像他。」葉建華說：「吳瓊花要是畫成笑咪咪的，豈不叫人笑死？」老王頭兒說：「老馬畫的吳瓊花是沒笑，可讓你覺得她就是在笑呢。」

葉建華不由得回頭看了老王頭兒一眼，就見他和別人一樣穿了身駝色工作服，工作服像是剛洗過的，清清爽爽的，不像老馬那身，永遠帶了五顏六色的點子。老王頭兒瘦長的臉上還架了副眼鏡，衣領處露出了雪白的襯衣領子。葉建華雖說常來影院，對這老王頭兒多少有點印象，但還從沒說過話，感覺他也不大跟人說話，走個碰頭仰臉就過去了，像是沒看見一樣。

葉建華聽到小鹿說：「王師傅有見識啊。」

老王頭兒笑道：「見識談不上，也就是跟你倆胡謅幾句，擱旁人我還懶得說呢。知道為什麼？就衝你倆敢撂院長的面子。」

葉建華便笑了說：「剛才您也在場啊，您沒覺得我們不對？」

老王頭兒說：「沒有啊，本來說你們的事，又沒人理你們，走得好啊。」

葉建華說：「難得您這麼說。」

老王頭兒說：「說實話，我巴不得也再走一回呢，人這輩子不怕別的，就怕沒人理你，什麼什麼都跟你沒關係。」

葉建華說：「您原來沒在電影院嗎？」

老王頭兒說：「沒有，在學校。」

葉建華說：「當老師？可當老師咋就跟您沒關係呢？」

老王頭兒說：「搞教育革命，把課堂都弄到工廠、農場去了，跟老師還有什麼關係？」

葉建華說：「那電影院跟您就更沒關係了。」

老王頭兒說：「豈止沒關係，天天都恨不得逃得遠遠的。」

葉建華好奇道：「怎麼？」

老王頭兒說：「樣板戲鬧的，不想聽，也不想看，一聽一看就緊張，一緊張就想去廁所。」

葉建華便吃了一驚，想到文化大革命中，到處都是樣板戲的旋律，老王頭兒定是在其中遭過罪的。她說：「那您就是走過一回了唄，從學校到電影院。」

老王頭兒說：「還得走。」

葉建華說：「早知電影院跟您沒關係，為什麼還要來呢？」

老王頭兒說：「本來想這輩子要再不輕鬆一下，就沒機會了，誰知沒撈著輕鬆，反倒更緊張了。」

這時，忽聽小鹿叫道：「王老師，您是哪所大學畢業的？」

老王頭兒怔一怔說：「還是叫我王師傅吧，老師早跟我沒關係了。」

接著老王頭兒說出了兩個字，讓葉建華又吃了一驚。老王頭兒說：「南開。」

小鹿也停了手裡的筆，驚訝地看著老王頭兒。

老王頭兒說：「怎麼，不相信我這糟老頭子？」

小鹿和葉建華急忙說：「相信，相信。」小鹿便跟老王頭兒提起他的老師，說：「是金子總會發光的。」老王頭兒說，他早過了發光的時候了，文化大革命前，他的語文課甭說學生，老師們都搶了去聽，窗臺上，過道裡，到處都擠得滿滿的，那一雙雙渴望的眼睛，一輩子都讓人忘不了啊。

小鹿和葉建華相互看了一眼，都是滿眼的惋惜，惋惜老王頭兒，也惋惜自個兒。老王頭兒好歹還上過南開，他們甭說南開，一般的大學又哪來的機會，整整十年，大學整整關閉了十年呢！

這時，小鹿正在畫洪常青的眼睛，所有的地兒都畫好了，只剩了一雙眼睛了。小鹿一條線、一條線地勾勒著，長的、短的，圓的、半圓的，黑色的、白色的……

老王頭兒望了那眼睛忽然說道：「我知道你的老師是誰了。」

小鹿回頭看了老王頭兒。

老王頭兒說：「一家電影院的美工。」

小鹿驚奇道：「你們認識？」

老王頭兒說：「沒說過話，但我看過他畫的眼睛。」

老王頭兒又說：「唯有他畫的樣板戲人物，我看了沒有緊張感。後來我發現，就是因為眼睛。」

葉建華說：「老馬畫的人物都笑咪咪的，更該沒有緊張感啊。」

老王頭兒說：「不一樣，老馬的笑咪咪是流俗的，讓你感覺到的笑有一種虛假感，而他老師的畫是真實的，尤其眼睛，裡頭含了太多的東西，不是一句話能說清楚的。」

老王頭兒好像一下子興奮起來，他反反覆覆地在兩人身後走了兩趟，有一刻忽然蹲下來，從葉建華手裡奪過毛筆，「刷刷刷」地就在看板上寫起來。葉建華吃驚地看著那字，天啊，字字好看，筆筆有力，跟她寫的一比，簡直天上地下呢。她聽到他說：「我不會畫畫，但寫字還可以試試，今兒忍不住要顛狂一回了，見笑，見笑。」

他寫的是行楷，她唸，他寫，比她寫得快了許多。她說：「老馬還捨近求遠，眼跟前的人倒看不見呢。」老王頭兒說：「他不會看見，看見我也不會寫的，他的畫配不上我的字。」

老王頭兒說得平平靜靜的，葉建華看著他俊美的行雲流水般的字體，心想，他的字是配得上他這樣的口氣的。

小鹿也忍不住停了畫看老王頭兒寫字來了，看著看著不由得讚道：「真人不露相啊！」

老王頭兒說：「我算什麼真人，這不到底還是要露一露，淺薄，淺薄。」

小鹿說：「您的字配我老師的畫就好了。」

老王頭兒說：「甭看我這會兒張狂，在你老師跟前卻膽怯得很呢，多少次想幫你老師的忙，耳熱心跳的，就是張不開口。」

小鹿笑了說：「您比他年齡還大啊。」

老王頭兒說：「跟年齡沒關係，他身上好像有一種能量，那能量又吸引你又難讓你靠近。」

小鹿看著老王頭兒，親近感不禁油然而生，只為他的「膽怯」，在這剛剛經歷過文化大革命的年代，這樣的膽怯哪個身上還有呢，何況還是他這樣的年齡，他這樣的資格。

老王頭兒寫啊寫啊，竟愈寫愈有點停不下了。一篇寫完，又寫一篇；小字寫完，大字也要寫一寫了。他的大字在小鹿的畫上、畫下、畫間恣意地穿行著，行楷、魏碑，黑體、仿宋，想用哪個用哪個，看上去竟也妥帖得很，使小鹿的畫都增了幾分成色了。

小鹿和葉建華都有點傻，張了嘴，瞪了眼，一門心思地看老王頭兒，自個兒的活兒都忘了。有一刻忽然想起來，一個提筆去畫，一個提筆去寫，竟意外地出現了得意之筆，彷彿老王頭兒給了他們靈感，一下子就有了新的氣象。

二人便趁了好勢頭，各自投入了進去。

誰知，狀態正佳時，老王頭兒那邊卻出了問題，他寫字寫得有點瘋，竟在老馬畫眼睛的那張看板上寫了幾個大大的狂草。只見那字龍飛鳳舞，自在瀟脫，就彷彿幾個剛剛得了自由的人物在歡呼跳躍一樣。

小鹿和葉建華是聽到老王頭兒的喊聲才看到的，他喊的是：「自由自在！」兩人都吃了一驚，停下手裡的活兒到跟前去看，可不就是「自由自在」幾個字！

他們怔怔地看著老王頭兒，心裡一時間百感交集，多好的字，多好的意味啊，可是，偏偏寫在了老馬的眼睛上……

他們聽到老王頭兒說：「這是我一生寫得最好的字了。要沒有你們倆，我能肯定是寫不出的。」

老王頭兒看他倆怔怔的，說：「怎麼，看不出什麼字？不能吧？」

他們只好說：「看得出來，好，寫得好啊。」

老王頭兒說：「不是因為有老馬畫的眼睛吧？」

他們說：「不是。」

老王頭兒說：「真就是也不怕，趕明兒我就讓他比較比較，是我的字好還是他的眼睛好。」

他們說：「當然是您的字好，可趕明兒他不會來。」

老王頭兒說：「不可能，這個人從不缺勤的。」

他們說：「他老婆住院了。」

老王頭兒說：「噢，那就留著，留到他來上班。」

他們都沒吱聲，其實他們都在想，最好的辦法是把字和眼睛都統統塗掉，畫上他們要畫的，寫上他們要寫的，責任攬在他們頭上。當然，老王頭兒喜歡留著，那就留到老馬上班之前。

這天晚上，雖說這事是一道陰影，三人還是十分快樂，特別是老王頭兒寫的「自由自在」，很是觸及了各自的內心。又有老王頭兒在寫字上的相助，他們的工作也進展迅速。葉建華在這其間，竟也毫不遺憾老王頭兒的「攪擾」，甚至覺得比單獨和小鹿在一起還要開心，她想，這也許是天下最自由、最平等的關係了吧。

三人卻都沒想到，第二天老馬就來上班了。

原來老馬的老婆不過是吃壞了肚子，上吐下瀉，到醫院一打吊瓶，止了吐瀉，人很快就恢復了。

小鹿和葉建華都心裡一沉，不只是為那張看板，還為他們一晚上的付出，老馬一來，想必就要恢復他的一套，那他們的一番策劃、設想就得泡湯，他們一晚上的辛苦也得白白地搭上。

果然，老馬對他們晚上加班稱讚、鼓勵了一番之後，很快就發現了他的「眼睛」和眼睛上的狂草，他臉上的笑意立刻不見了，手有點哆嗦地指了那字：「這是什麼？為……為什麼？」

這時，老王頭兒早已累得倒在值班室裡睡著了，小鹿和葉建華只好實話實說。老馬聽罷，一言未發，轉身就奔院長辦公室去了。

幾分鐘之後，有人來喚小鹿、葉建華到院長辦公室去。

也就十幾分鐘的工夫，小鹿和葉建華便從院長辦公室走出來了。他們沒有再回電影院的前廳，而是一個去了隔壁的文化館，一個則騎了自行車，往建築隊的方向去了。

不是院長辭的他們，是他們把自個兒辭了，經歷了一個晚上之後，他們已不可能回到老馬的套路，而老馬也絕不肯就範他們的設想，結果只能不歡而散。至於那張畫有眼睛的看板，老馬竟是提也沒提。而這時，睏極了的老王頭兒仍在他甜蜜的夢鄉中。

後來，葉建華到瓦工組施工的地兒找過小鹿，小鹿和工友們正在一個剛抹過水泥牆的房間裡休息，見是葉建華，立刻把工友們轟到了另一個房間，說：「都走，都走，我們有話說。」工友們做著各種的鬼臉兒，小鹿也不去理他們。結果只剩了他倆，反倒想不出要說的話了。葉建華覺得是環境的緣故，她坐在一隻幾塊木板釘成的簡易小板凳上，滿眼都是凌亂的工具、衣服、飯盒、紙屑什麼的，時而會有一股酸兮兮的飯菜的味道飄散開來，與水泥牆面的潮濕氣息混雜在一起，讓葉建華時刻有一種要站起來走開的衝動。兩人東扯一句、西扯一句的，都是些可說可不說的閒話，直到另一個房間的工友們喊著「上工了，上工了」，葉建華才忽然說道：「本來想約你聊聊《紅樓夢》的，看來是不可能了。」小鹿說：「可以啊，他們上他們的工，我們聊我們的，沒關係。」葉建華說：「現在？」小鹿肯定地說：「是啊，反正明天我就不來了。」葉建華說：「又要流浪到哪兒去了？」小鹿說：「回家複習，準備高考。哎，你沒聽說恢復高考的事嗎？」葉建華說：「聽說了，可我初中才上一年，沒戲。」小鹿說：「我初中兩年，比你也好不到哪兒。」說著，小鹿寫了個地址給葉建華，說這是他家，她要想考，就找他一塊兒複習去，他哥是老高三，不懂的可以問他。葉建華接在手裡，不知為什麼就覺得自個兒真是該走了，她站起來笑道：「哪天考上了，別忘了回來看你的工友兄弟。」說著就往門口走去。小鹿倒也沒攔，跟在葉建華身後說：「對不住了，哪天我到文化館找你去。」葉建華說：「那我就等著了。」

結果後來的一些天裡，葉建華沒去小鹿家，小鹿也沒去文化館，時間一長，這事就算擱下了。葉建華後來聽說，小鹿果真就考上大學了，還是他多年心儀的北京大學。葉建華想，他總應該來文化館說一聲的。轉而又想，興許他也在等她去他家，可她去也不去，問也不問。其實她原本想去、想問來著，她還在他家門口徘徊了兩回，可每到這時一個聲音就格外地響起來：「今兒去見了他，明兒他上了大學，還見不見？後兒大學畢業出來，還見不見？」他就像是個翅膀長硬了的鳥兒，是愈飛愈高，而她，也許連翅膀還沒長上呢。這聲音響得不能再響的時候，她便一轉身，毅然決然地，頭也不回地走開了。

十三

愈是喜歡的日子往往就愈是過得飛快，轉眼間，讀書學習的學校生活已經一年多了。期間一個二十多天的寒假，同學們都回家了，只有葉建華一個人留在了學校，她覺得有太多的書要讀，而文學班只剩了大半年時間了，大半年時間才能讀幾本書呢。

宿舍雖說不大，卻是暖氣管道的末端，平時就暖氣不足，同學們一走，屋裡就更冷了，門口處的臉盆裡，若有積水一定就變成冰砣子了。即便這樣葉建華也有種難以言說的幸福感。她背靠了棉被，一件棉大衣搭在腿上，身旁是一摞要看的書籍。除了吃飯、上廁所，她可以一整天地埋在書本裡。多少年來，她嚮往的就是這樣的情景，寒假之前的許多天裡，她就在做著這樣的打算了。

這些天裡她正在看卡繆的東西，就像看舍斯托夫一樣，每一句話她都想用筆畫下來，因此看書時她手裡從不敢拿筆。有一次她不自覺地將舍斯托夫的一本書畫得到處是鉛筆的橫線，還書時遭到了圖書館老師的嚴厲斥責。後來她每次還書，那老師都捉贓似的翻個仔仔細細。這時她不由得會想起卡繆的一句話：「一個人對他所不瞭解的東西，總是會有一些誇張失真的想法。」她心裡便由惱火變得寬容、和善了許多，她想，對一個不瞭解你的人，還能說什麼呢。她覺得從舍斯托夫那裡她懂得了絕望，而從卡繆這裡她則懂得了如何對待絕望。在這一個寒冷的冬天，在這間冷冰冰的宿舍裡，她很慶幸有卡繆相伴。卡繆講的那個荒誕中的薛西弗斯，尤其令她在孤獨中明確了一種東西，那就是絕望和幸福是並存的，在絕望的生命長河中，生命卻可以有一個釋放活力的過程；就是說，重要的不是絕望，而是活力，是釋放活力的過程。有了這一過程，人的幸福感會油然而生，就如同在這寒冷的宿舍生出的幸福感一樣。當然，絕望是前提，那是命中註定的東西。

讀《薛西弗斯神話》是個晴朗的上午，一道陽光透過窗口射進冷清的房間，葉建華孩子般地伸出手去，在陽光裡歡快地揮動著。這時的她莫名地有一種生長感，就像地裡的莊稼，一節一節地在伸展壯大。然後，她開始迫不急待地看卡繆其他的作品。

看書她全憑感覺，一摞書裡先看哪本、後看哪本，從沒有清晰的計畫。相反，那些書倒像是有預謀的，紛紛爭搶著來在她的手上。就好比那本《薛西弗斯神話》，原本是在那摞書的最下層，可不知怎麼那摞書「嘩啦啦」就倒了，《薛西弗斯神話》，這時就一下跳進她的眼簾，再也拔不出去了。給她的感覺，就像是《薛西弗斯神話》早就在等她的到來，也許從她讀舍斯托夫的《約伯的天平上》就開始了，一直耐心地等到現在。眼看都到跟前了，它卻再也等不得了，索性弄他個天翻地覆，看哪個的運氣更好些吧。她就這樣一邊想著它的頑皮，一邊看著關係人類如何生存的最嚴肅的話題。

她覺得舍斯托夫是個靈魂深處的知己，而卡繆則屬於心理上的摯友，她慶幸發現舍斯托夫時還有個積極的弗洛姆在場，而今天又有了卡繆。儘管這樣舍斯托夫的力量還是大得驚人，他基本處於沉默狀態，但只要閃現任何人也不是他的對手，在她這裡，他就像一棵大樹的樹根，不動聲色，但一切都由它派生出來，且有力量隨時推翻它的異己。她常常有些後怕，若沒有弗洛姆沒有卡繆，沒有諸如褚威格一類細膩、微妙到骨子裡的小說家，腳下的路將如何行走？

她的父母已幾次來信提起她的婚事了，他們一向是不干涉的態度，但這次到學校學習他們認為是個機會，他們說：「知道你眼光高，但天外有天，在人才聚集的地方，千萬別只顧學習，錯過了時機啊。」對這樣的信她只好一笑了之，他們哪裡知道，愈是在這種地方，人與人才離得愈遠。一本書就好比是一道屏障，自個兒打開這些屏障就夠不易的了，打開與別人之間的屏障就更是困難重重，因此索性先易後難，先顧著自個兒了。至於人才不人才的，她倒不大在意，什麼是人才呢？以作品的數量多少或影響大小為標準嗎？一年來據她的印象，發表作品較多、影響較大的幾個同學，均不屬她心目中的人才，更何況，人才和婚事意義上的人還差了十萬八千里呢。這次放寒假，父母很爽快地答應了她不回家的請求，他們或許以為，她已經談上男朋友，寒假要和男朋友在一起呢。

讓她沒想到的是，有一天藍音忽然出現在了宿舍裡。就見她穿了件鮮紅的短款羽絨上衣，一條瘦瘦的作舊牛仔褲，頭上戴一頂毛線織的乳白色無沿帽，腳上是一雙長過膝蓋的黑色皮靴，一整個人，比放假前的她更添了幾分精神。這讓葉建華又驚又喜，她立刻跳下床，拉了藍音看了又看，她說：「天啊，仙女下凡了啊！」藍音說：「咋樣，過年的衣服，好看不？」葉建華說：「看把你急的，十幾天都等不得了？」藍音說：「不是我等不得，是有人等不得。」葉建華說：「什麼人這麼有福？」藍音說：「別想歪了，看看信你就明白了。」

這是個小小的牛皮紙信封，信封裡一張薄紙，幾行清秀、整潔的鋼筆字：

建華你好：

是我。我早說過，有緣總會再相遇的。

過幾日回老家路過你們學校，我們會去看你。和藍音一起等我。

蘇悅

葉建華驚喜道：「天啊，是她？這可是真的？」

藍音說：「沒錯，你心裡的天使。」

葉建華說：「太巧了，你跟她也認識？」

藍音說：「剛剛認識的，我去省城的小姨家，她跟我小姨是鄰居。」

葉建華說：「她說的『我們』是誰？」

藍音說：「和她丈夫啊，準確地說是她丈夫跟我小姨是鄰居，因為她結婚後才搬過去的，總共還沒倆月呢。」

葉建華驚愕道：「你說什麼？她結婚了？」

藍音說：「是啊，丈夫還挺帥氣的。」

葉建華像是站累了似的，不由得後退幾步坐在了床上。

藍音看看葉建華，問：「怎麼了？」

葉建華說：「沒什麼。」

藍音說：「她確實不錯，可再不錯她也不是天外之人，她也一樣有七情六欲。」

葉建華說：「我明白，可她說過的。」

藍音說：「說過什麼？不結婚、不嫁人？」

葉建華點點頭。

藍音不由得哈哈大笑：「葉建華呀葉建華，什麼話都可以當真，偏這種話是當不得真的，當初這種話我也跟人說過的，可遇上叫人心動的，還不是一下子就忘在腦後了？」

葉建華說：「她跟別人不一樣。」

藍音說：「咋不一樣？是不吃不喝還是不拉不尿啊？」

葉建華說：「不要這麼說她。」

藍音看著葉建華變得有些不快的臉，說：「對不起，我是想說，一個吃五穀雜糧的人，是不可能跟別人不一樣的。」

葉建華低下眼簾，不再說什麼，當真不高興了似的。

藍音不禁噗哧一笑，脫了靴子，一屁股坐在了葉建華坐的床上。她將腿一盤，扳過葉建華的肩膀說：「好了好了，你這份真情，讓我都嫉妒了，還是說說她吧，還從沒聽你細細地說起她，只要說出來了，不在心裡藏著了，這個人也許就從天上落在地上了。」

葉建華只好也將鞋脫了，與藍音面對面盤起了腿，但她仍低了眼簾，看了藍音腳上那雙厚厚的毛巾襪說：「不是你說的那樣，她不是我的想像，她是個真實的存在……」

藍音忽然打斷她說：「先等等，等等再說，讓我們就這麼盤腳坐一會兒。」

就見藍音挺直了身子，瞇了眼睛，兩腿盤得如同樹根一樣結實，可她的呼吸變得又輕又細，嘴角微微翹起，一張明淨的臉閃著柔和的光澤。

藍音的樣子讓葉建華不由得湧上一陣感動。正是安靜的午後，房裡安靜，房外也聽不到一點聲音，就彷彿一整個世界只剩了她倆輕細的呼吸了。

有一刻藍音睜大眼睛看了葉建華說：「真好，我明白你為什麼要一個人留下來了。」

葉建華說：「你來了更好。」

藍音說：「別人說這話我不信，你說我信。」

葉建華說：「蘇悅也跟我說過這話。」

藍音說：「你跟她說了什麼？」

葉建華說：「我說：『認識你真好。』」

葉建華說：「跟她告別的時候，我說了句：『認識你真好。』她就說：『別人說這話我不信，你說我信。』」

葉建華說：「那也是個寒冷的冬天，我們住在一個縣招待所裡。總共十幾個人，因為要改稿，分配兩個人一屋，住房條件比以往的寫作班寬鬆了許多。後來很多年我都在慶幸，把我和她分在了一屋。她不是那種主動跟人示好的人，我也不是，倘若我倆不住一屋，真不敢想像我們會是怎樣的結果。

「我們最初的交流是看對方的小說稿。她的鋼筆字挺拔、俊美，文筆也好，邊看我邊悄悄地觀察她，覺得文如其人真沒說錯，她的字就如她的人一樣。她一頭俐落的短髮，一張紅撲撲的瓜子臉，一雙不大卻黑亮亮的眼睛，嘴唇薄薄的，張開來就似會有殺傷力的那種。她幹什麼都是專注的，睡覺安靜得，像是呼吸都停止了；看稿子或讀書時，她的耳朵像是封閉的，跟她說話她永遠沒反應；但耳朵打開的時候，她又敏感得要命，你小聲的嘀咕她也不會放過。有一次躺下睡不著，天南地北地胡思亂想，想著想著就從嘴裡說了出來。黑暗中我被自個兒都嚇了一跳，看對面的她沒什麼動靜，正有些慶幸，忽聽得她問道：『你說什麼？』我趕緊說：『沒什麼。』她說：『你好像有心事？』我說：『沒有。』她說：『要是想說就說說，看我能幫上什麼忙。』

「那是和她一起的第二個夜晚，經歷了兩天一夜的相處，我們都已互有好感。而其他的十幾個人，雖也時有交流，但在心裡印象淺淡。我相信她也一樣，因為幾個男學員總在找機會向她示好，她除了點頭微笑，從不多說一句話，背後也從不提起他們。她的聲音在黑暗中清晰、動聽，有一種在男女聲之間的獨有的渾厚，原本沒想說什麼的我，彷彿被她的聲音所打動，忽然就想說點什麼了。

「記得我說的真就是胡思亂想裡的一條，我說：『有件事我很多年都沒想明白，就是，什麼才是長久的？從前跟奶奶在一起，以為是一輩子的事，結果想不到奶奶忽然有一天就沒了；跟一起長大的女伴們，開始也以為是一輩子的事，可不知怎麼走著走著就非分手不可了；還有你喜歡和不喜歡的人，所有認識的人，幾乎沒有一個是長久的。大的方面就更不要說了，文化大革命、林彪事件、毛主席逝世……。毛主席在世的時候，怕是太多的人都不會去想他有一天也會死的。特別是林彪事件，對人的打擊是太大了，毛主席自個兒選定的接班人還有錯嗎？可他偏偏就錯了！想到這些，我就覺得活著真沒意思，驚天動地的人和事都可能是錯的，都一轉眼就過去了，我們這些螞蟻一樣的小人物，活著和死去又有什麼區別？蘇悅你讀過的書多，你說是不是這麼個道理？』

「說完我一邊等待蘇悅的應答，一邊奇怪著自個兒，這些話平時只在腦子裡想想，從沒想起跟人說的，今兒是咋回事呢？

「我聽到蘇悅說：『沒想到困擾你的是這個，啊，我真高興！』

「她的聲音明顯是愉悅的。我有些不解地等待著，困擾讓她高興，什麼意思啊？

「就聽她說：『多少人的困擾都是現實的、具體的，你的困擾卻到了虛無的層面，我那些大學同學好多都還不如你呢。』

「我說：『我的困擾也是現實的呀。』

「她說：『你是心理現實，和我說的現實兩碼事。說實話，你這困擾我也曾有過，一段時間我甚至想到過自殺，要不是恢復高考上了大學，說不定我真就不存在了。』

「她說：『別人上大學是為了將來有個好工作，我上大學就是為了弄清人為什麼活著的問題，不然上大學還不如自殺對我更有誘惑力。』

「她說：『可是，上了大學才知道，這問題其實是無解的，因為解答太多了，幾乎每個人都有自己的答案，太多就等於沒有，這是個悖論。後來還知道，世上的許多事其實都陷在了悖論裡。比如生死，人生下來都希望好好活下去，可誰知道每個人都是向死而生；有生就必有死，在這生死大道面前誰也不可能逃脫。意識到凡事都逃不開悖論，自殺對我的誘惑忽然就消失了。我想，既然死是早晚的事，我幹麼這麼著急呢？今天知道這個悖論，明天還會知道別的，人生要知道的太多太多了，自個兒知道的這點，簡直就等於個零，一無所知呢。若是趕在死之前知道得多一點，不那麼狹隘地一個心眼兒地死去，或者不那麼渾渾噩噩、糊里糊塗地死去，豈不是更好？』

「她說：『就這麼，我的心開始平靜下來，平靜地看書，平靜地思考，平靜地寫作，再沒有急慌慌的了。因為你讀完這本書，還有另一本書在等你；你想清楚了這件事，另一件事會隨之而至；你寫完一篇東西，另一篇東西又在向你招手……。沒有窮盡，永遠沒有。什麼才是永久的？沒有窮盡才是永久的！估摸著到死，你能弄明白的，相對浩瀚大海一樣的種種問題，還是幾乎等於個零。好在每個人的問題都是有自個兒的路數的，只要足夠耐心和細心，總能明白一點，至少對自個兒的事明白一點。』

「蘇悅的聲音在黑暗中清晰地一字一句地迸發出來，讓你感覺就如同無數顆小星星一閃一閃的。我眯了眼睛，想像著滿屋子的閃爍的星星……。天啊，真好，真好啊。

「我說：『耐心和細心，我相信自個兒還夠。』

「她說：『我也相信。不過這耐心和細心，可能是一輩子的事了。』

「我說：『那我就耐心和細心一輩子。』

「她說：『從生死這一意義上說，全世界的人都是平等的。』

「聽到『平等』這詞，我心裡不由得咯噔了一下子。我說：『這道理我懂，只是覺得過於虛無了，認可了這個意義上的平等，那具體的不平等是不是就可以不在意了？』

「她說：『當然不是。人生意義上的平等是在社會平等之上的，但兩者又不是孤立的，對人生的想法往往又是從社會來的，每個人都不可能活在世外。』

「我說：『有時候仔細想想，人的太多痛苦都是從不平等來的，不平等可說是萬惡之源呢。』

「她說：『你這麼說，想必是有切身體會的，說說看。』

「她的聲音真切、誠懇，我還從沒遇到過這麼關心別人想法的人，於是，話就像是水決了堤，一下子全都不管不顧地湧出來了。

「從跟奶奶去城市的姑夫家開始，到奶奶的去世，到文化大革命和吳大奇和簡愛的相遇，再到農村姐妹的夢想、反抗以及生產隊長的不可救藥，還有，建築隊裡、文化館裡、電影院裡，那短暫的快樂和不快的記憶……

「夜晚是睡眠的時間，夜晚卻又是內心最清醒的時間，我便清醒著內心，對一個剛剛認識的女子說啊說的。

「蘇悅顯然也是清醒的，她不時地做著應答，只一兩句，便足可引出我更多的話來。我想起從前的農村姐妹，她們也是關心我想法的人，但話也許就如同水一樣，流向哪裡是必有它的歸宿的。

「但我絕不是一個單純的傾訴者，說著說著就不由自主地會向她提問。比如：『工人、農民翻身做主人是一種平等，可階級的劃分讓另一部分人被踩到了腳下是平等還是不平等呢？』比如：『城市和農村的鴻溝愈來愈深，農民的不平等感卻幾乎是被忽略的，為什麼呢？』比如：『文化大革命到底是一場自由言說的運動還是一場不自由的相互傷害運動？』比如：『人隨大流走是最安全的，可為什麼有人偏偏就不想隨大流，愈熱鬧的地方就愈要躲避，這是天性使然還是大流本身就有問題？』……

「蘇悅聽著，眼睛在黑暗裡閃著亮光，有一刻她似乎有些興奮，一下子坐了起來，卻由於冷終又鑽回了被窩。她有時會說：『這問題不是一兩句話能說清楚的，你讓我好好想想。』有時又會十分明確地說：『人為的階級劃分造成了不平等是肯定的；農民的不平等感以及被推翻的一部分人的不平等感被忽略是不平等之上的不平等，也是肯定的。』說到文化大革命，她說：『看上去大鳴大放是自由的，其實是一種大不自由，因為有一種大限制，就像所有人都被關進了一個巨大的籠子，籠子再大也是籠子。』至於不隨大流的事，她說：『看得出來你就是這樣的人吧？其實每個人都可能有和你一樣的躲避心理，但同時他又有更多的從眾心理。躲避是為了心安，從眾還是為了心安，只不過你這樣的人感覺好，感覺好再加上讀書，自然就不甘心和旁人一樣去從眾了。可話又說回來，人活在世上，真正的心安哪裡去找，愈不從眾，不安倒會愈來愈多了。你說，你的不安是不是愈來愈多了？』

「我說：『是啊是啊，你說得太對了！』

「在我的記憶裡，好像還從沒有過這種心投意合的談話，真正的心投意合呀！我想起那篇〈自行車的翅膀〉，那時的飛翔是多麼淺稚，不過是稍稍地離開一點地面罷了，而眼下的談話，才可以叫作真正的飛翔吧，它高過了房屋，高過了樹梢，甚至高過了雲層，已是截然不同的一個世界了……

「我聽到她說：『你是從《簡愛》開始的，我是從另一本書，在你特別需要有人為你解釋這個世界的時候，解釋這個世界的卻往往不是一個人，而是一本書。我們都是幸運的，在別人隨大流搞大批判的時候，我們卻找到了自己喜歡的書看，更重要的，是找到了另一種解釋世界的角度。』

「我驚訝著她的一語中的，我不過是說了些煩碎的經歷，到她這裡卻提綱挈領，一下子說出了我想說卻沒說出來的意思。我不知說什麼好，只會連聲說：『好，好，你說得太好了！』

「我們說啊說的，到不知不覺地湧上睏意，窗外已透出了些許亮色了。

「正是第二天，蘇悅把她的小說稿交給了我，我也欣喜地把自己的小說稿交給了她，我們似乎都相信對方有其他學員不可替代的眼力。小說稿都是辦班老師看過並提過修改意見的，我們的任務就是按老師的意見修改，學員之間的相互交流還是次要的。可蘇悅給我小說稿時表情很是鄭重，就像是寄予了莫大希望。

「我們寫的是短篇小說，很快就相互看完了，她先說了我的，她的說法和老師說的大相逕庭，老師肯定了的，她沒有涉及，老師否定了的，她卻大加讚賞。比如人物的微妙心理，老師認為化為行動更有可視感，而她則認為這篇小說裡的微妙心理恰恰和行動無關，寫成行動反會使那微妙心理遭到破壞。說實話，老師的意見正在讓我舉棋不定，有時甚至認為老師說的也不無道理；而蘇悅的看法讓我一下子變得振奮起來，老師說的道理本身也許沒錯，但放到這篇小說裡就一定是錯的了！我覺得蘇悅的眼力非同尋常，寫微妙心理是我最在意、最下力氣的部分，她竟能一眼就將它辨識了出來。

「記得她談完意見，我說了句讓她很感意外的話，我說：『將來你若當小說編輯，會是最最優秀的。』我說的是真心話，卻也是無心而出，她立刻反問我：『什麼意思？你是說我將來只能做個編輯？』我說：『能做個編輯對我來說就等於上天堂了。』她笑了笑，那笑是傲氣的，很有些不以為然。接下來我開始談對她小說的看法。那是一篇寫戰爭中的女性的小說，那個被敵人追捕又被自己人懷疑的女性，在絕望中不再參加任何組織，卻仍憑了一腔正義和一己之力不放過與敵作戰的任何一次機會。我對那小說的第一感覺就是驚喜，她的想法太大膽了，寫得也非常好，一步一步，女主人公走得自然可信，讓人覺得一定得是那樣的結果，不然就是不真實的。可是，小說的真實能敵得過現實的真實麼？就是說，在老師那裡通得過麼？在雜誌社的小說編輯那裡通得過麼？

「果然，我的擔心從蘇悅嘴裡得到了證實，她說，老師對她的文筆十分欣賞，但內容不行。老師說抗戰是黨的抗戰，你歌頌一個人的抗戰還指望小說能發出來嗎？他勸她放棄這篇小說，重寫一篇。她問我：『你真覺得好？』我點點頭。她說：『我不是寫抗戰，我是在寫人性。』我說：『我知道。』她說：『可是所有看過這小說的人都把它歸結在了抗戰上。』我說：『這是因為人們看慣了另一種抗戰題材的小說。』她說：『你說它好，不會只因為它和其他抗戰小說想法上的不同吧？』我說：『不是，還有真實自然。真實自然是第一重要的，若是看了讓人覺得不可信，想法再好也是失敗的小說。』我還舉例說了幾個打動我的細節，以證實我說的真實自然。她認真地聽著，緊閉的嘴唇漸漸張開，露出了燦爛的笑容。她這個人，談起話來顯得成熟而又深刻，笑起來卻又有一種小姑娘般的天真。她就這麼笑了問我：『你說，寫小說就是為了發小說嗎？』我搖了搖頭。她說：『那還為了什麼？』我想了想說：『為了喜歡。』她說：『說得好，為了喜歡。』為這個回答，她忽然上前擁抱了我，她說：『喜歡是因為自由，沒有比在自己創造的世界裡更自由的事了。』

「似乎由於我的支持，蘇悅沒有再做修改，當天就跑到招待所附近的郵局把小說稿寄了出去。我倆一塊兒去的郵局，我看到她買了個半大的牛皮紙信封，十六開的稿紙一折兩半正好裝進去。信封的一角貼了至少五張八分郵票，貼郵票時她用力摁了又摁，郵票的一角稍稍翹起也要重抹漿糊。她寄了掛號，能看出來對這郵件她寄予了厚望，她說：『這家雜誌社若不肯發，別的雜誌社就更甭指望了。』我沒看清她寫的哪家雜誌，也沒去問她，只想讓她專心致志地做這件事，好像稍有分心，都會影響到這小說的命運似的。

「從郵局出來，她長長地舒了口氣，看了我說：『要不要放鬆一下？』我說：『咋放鬆？』她說：『這縣城有個集市，逢五逢十，今天正好逢十。』我心裡不由得一喜。對集市的記憶，還是小時候跟奶奶去過幾回，後來文化大革命一搞十年，集市作為資本主義的尾巴早被割掉了，這幾年陸續恢復以來，我還沒顧上去逛一逛呢。我說：『好啊，太好了！』她說：『能看出來，你我對集市的喜歡，是半斤對八兩。』我說：『你咋知道逢五逢十？』她說：『聽食堂的馮師傅說的。』我想起每回打飯，她都會跟馮師傅要兩瓣大蒜，彷彿要了大蒜的緣故，馮師傅見了她總要說上幾句。馮師傅跟別人話是很少的，跟辦班老師也至多點點頭，有時頭也不點就過去了，像是沒看見一樣。馮師傅說的無非是日常瑣事，糧菜如何儲藏啊，粗糧如何細作啊，什麼菜跟什麼菜搭配炒最好吃啊，等等。奇怪的是，對這些她竟興趣十足，一說就通。馮師傅幾次嘆惜說：『幹這行要的就是個悟性，你這麼好的悟性可惜了。』開始我還以為她是為寫小說搜集素材，後來有一次提起，她說跟馮師傅搭話不是因為他的廚藝，而是因為他的質樸，他做飯菜那麼好吃，自個兒卻不覺得有什麼，也許正因為如此，他的飯菜才可能那麼好吃，因為他投進去的不是虛榮、顯擺，而是一份一般人難有的質樸。她接了問我：『你不覺得他做的飯菜好吃嗎？』我說：『當然，住在這裡除了寫作就淨想著吃飯了。』她說她也一樣，從來沒有像現在這樣對飯菜有親近的感覺。

「我和蘇悅手拉了手走在陌生的縣城裡，卻走得格外地輕鬆自在。只以為她這樣的人只會對虛無有興趣的，沒想到對實在的物質也如此興致勃勃。我們很快找到了集市，大約是剛剛恢復，集市不算大，只短短的一條小街，東西也不算豐富，無非是常見的幾樣農產品罷了。但我們興致絲毫不減，一家一家地看，一個人一個人地問，就像趕集老太太的耐心一樣。遇上能吃的東西，比如紅薯、胡蘿蔔、紅薯乾什麼的，我們是一定要買的，明知回去沒辦法弄熟，還是忍不住往秤盤上放了又放。至於那實在沒辦法買的，比如粉條，我們也禁不住買家的誘惑，掐一截放進嘴裡，津津有味地咀嚼著。我們還實在不應該地買了兩斤雞蛋，它一定是帶不走的，可若在招待所吃掉，如何來吃呢？蘇悅卻執意要買，她說這麼好的雞蛋，錯過可惜了。我說：『好像天下就他一家賣雞蛋的。』她說她下鄉當知青時曾偷偷跑三十里地買過一斤雞蛋。她說：『放心吧，我有辦法讓你吃上熟的。』

「我們滿載而歸，紅薯、胡蘿蔔、紅薯乾一類送給了馮師傅，馮師傅則將它們煮熟，一點不落地又還給了我們。我們只好挨屋送給學員們，學員們先是客氣地推託，後是連聲感謝，彷彿個個都是謙謙君子。那兩天每個房間裡都瀰漫著甜兮兮的物質的氣息，就連辦班老師都像是被這氣息俘擄了，跟學員談稿子時態度竟是隨和了許多。那兩斤雞蛋，蘇悅果然是有辦法的，她找服務員借來一隻鋁壺，壺裡灌上開水，然後把洗乾淨的雞蛋放進去。二十分鐘後，她取出一個剝開皮子，張口一咬，見裡面黃是黃、清是清，竟已完全可以入口了。消息傳開，學員們立刻蜂湧而至，兩斤雞蛋頓時被搶得光光淨淨。大家走後，蘇悅的手掌心裡忽然又變出了兩隻雞蛋，她遞給我一隻說：『早料到了，人大都隨波逐流，只要有人帶頭，謙謙君子立刻就能變成汪洋大盜。』我們開心地吃著，開心地對一個個學員做著無保留的評價。我們的評價竟出奇地一致，我說：『原來背後議論人是如此地痛快啊。』她便大笑，說：『當然，背後的議論才最真實，痛快是來自真實。』

「但我覺出，她眼裡的人通常是個整體，一個一個地議論也是在整體基礎上的，就像是《水滸傳》裡的一百單八將一樣，沒有一個能分離出來，和作者發生千絲萬縷的聯繫。可她看人卻又犀利得驚人，單個說起來就像和他們一起生活過一樣。我把這叫作俯視，站在一個高處會把一切看得更清楚，而寫小說是格外需要這樣的俯視的。我將這意思說給蘇悅，蘇悅卻說，她從不去想寫小說的需要，她認為凡事不刻意也許會更好些。我默不作聲地看著她，覺得她無疑是對的，高處不是刻意地去站的，老老實實、水到渠成才應該是寫作的大道。後來我由衷地說：『要是我們永遠不分開就好了。』她說她也這麼想，和我在一起她會激發出跟別人在一起不可能有的東西。我說：『可是真的？』她說：『當然。』我說：『如果將來真想在一起，也不是沒可能吧？』她說：『有心者事竟成，一定可能的。』我說：『我說的可是真話。』她說：『我也沒說假話呀。』我說：『要是有一天你結了婚呢？』她說：『傻子，我連男朋友都沒有，跟誰結婚去啊？』我說：『要是有了男朋友呢？』她說：『不會的，能配做我男朋友的人還沒生出來呢。』她雖是在開玩笑，我卻無比相信，這世上的男人不會有一個配得上她。我便也開玩笑說：『那我們就拉勾吧，一輩子不結婚，一輩子不找男朋友。』那時我倆剛剛吃完晚飯，正面對面坐在餐廳的火爐子跟前。火爐子燒得很旺，紅色的火苗將我們的手和臉烤得熱乎乎的。其他學員早已離去，我們卻因話題未盡誰也不想離開餐廳，彷彿離開了那話就再找不回來了似的。我看她站起身來，伸出右手的小指，當真勾起我右手的小指，然後和我齊聲說道：『拉勾上吊，一百年不許變……。』其實，我們都知道這是不可能的，我們不是在幾天前還討論過『什麼是永久的』話題嗎？可此時我們就如同不知事的小孩子一樣，執拗地拉著勾，執拗地說著『一百年不許變』……

「這樣的日子我們就像做夢一樣，只可惜很快就到了夢醒的時刻。

「分手的前一天，我和蘇悅表面都顯不出什麼，但內心都有點慌神兒，因為我看到她跟我說話時眼睛總是看著別處，而我也不由得飯量驟減，半天嚥不下一口飯菜。這一天裡，我們都關閉了內心的話，做著表面的收尾工作。蘇悅按照老師的意思，將重寫的短篇交到他那裡，卻被他當場就斃掉了。這一回蘇悅沒有沮喪，因為我是喜歡那短篇的，還因為在這兩星期裡她對老師的信任降到了最低點，她說：『若是得到他的讚揚才會叫我沮喪。』而我那篇，由於對心理描寫的堅持也讓老師很不滿意，但為了不影響辦班成績，最後他還是勉強認可了。

「第二天吃過早飯，學員們都一一握手話別，我和蘇悅對他們忽然都有些依依不捨，蘇悅的眼睛裡竟還閃出了淚花。由於各自火車票的車次不同，我和蘇悅最後一撥兒離開招待所。大家都在時我們很少串門兒，有人串門兒我們還有被打擾的感覺，可眼下看著一扇扇緊閉的房門，我們又都有一種說不出的孤寂和冷清。蘇悅拉我特意去看了馮師傅，馮師傅把烤好的一兜紅薯送給了我們，這讓蘇悅又一次紅了眼圈。馮師傅開玩笑說：『什麼時候改主意要幹我這行了，寫信說一聲。』蘇悅卻認真地回應說：『一定，我會的。』

「從招待所到火車站不過十分鐘的路程，我倆一直沉默著，沉默使這路程意外地漫長。好容易到了車站，月臺上等車的卻只我們兩個。天氣好冷，小風吹在臉上，刀割似的疼。抬頭看看東邊的太陽，也像是被吹壞了，臉色蒼白，形單影隻，一副沒精氣神的樣子。

「我倆的車次也不一樣，她往北，我往南，往北的車比往南的車要早開十三分鐘。我想我得說話，我得振作起來，不然她的車開走後，剩下的十三分鐘我該如何打發？我便開口道：『寫小說是為了喜歡，喜歡是因為自由，而為什麼人對自由會情有獨鍾呢？』我不知自己為什麼會說這個，不遠處正有一趟蒸汽貨車呼嘯而來，聲聲的鳴叫很快就將這話淹沒掉了，腳下的地磚也在明顯地震動。這一切都像是對我的嘲諷，我卻仍不甘心地大聲說：『因為存在著不自由！就像人對平等也情有獨鍾一樣，因為存在著不平等！』好在，我看見這時的蘇悅，不管不顧地扔下手提箱向我張開了胳膊。我的淚水，立時欣喜得不由分說地糊住了眼睛。我就這麼淚眼模糊地說：『蘇悅，認識你真好。』我聽到她說：『我也一樣，別人說這話我不信，你說我信。』」

十四

藍音聽完葉建華的述說，已經在床上換了好幾種姿式，葉建華卻仍盤了腳一動沒動。藍音敲敲葉建華的腿說：「不信它就一點不麻！」葉建華這才笑笑，將兩條腿舒展開來，背靠了牆坐著。

兩人沉默一會兒，葉建華說：「怎麼不說話？」

藍音說：「這個蘇悅，就沒跟你講講她的經歷麼？」

葉建華搖了搖頭。

藍音說：「你講了你的，她卻不講她的，你覺得這樣平等嗎？」

葉建華說：「她不是不講，是我沒請她講。即便她真不想講，那是她的自由，而我想講，也是我的自由，跟平等不平等的可沒什麼關係。」

藍音說：「這道理我自是明白，可覺得你還是把她看得太好了，其中加上了你的理想想像也說不定。」

葉建華說：「你也是見過她的了，不覺得她好嗎？」

藍音說：「聽說她上的大學，只是個專科學校。」

葉建華看看藍音，說：「這可不像你說的話，人是不能聽名分的，就說咱文學班吧，你能說個個都稱得上作家嗎？」

藍音說：「還有，跟你辦班時她還在上學，現在已經是編輯了，編輯和學生，到底是不一樣的。」

葉建華說：「你到底想說什麼？」

藍音說：「還有還有，她好像有點看她丈夫的臉色。」

葉建華說：「她看她丈夫的臉色？你說蘇悅，看她丈夫的臉色？怎麼可能？」

藍音說：「也許是我的錯覺。」

葉建華說：「你還沒回答我，你到底想說什麼？你到底覺得她好還是不好？」

藍音說：「當然是好，不然我也不會大老遠的跑來學校等她。」

葉建華說：「那她怎麼個好法？」

藍音說：「你都講了她一大堆的好了，還用我再講麼？建華，我其實是在替你擔心。」

葉建華說：「替我擔心什麼？」

藍音說：「怕你失望，她給我的印像，跟你說的好像不那麼吻合。你自己也說過，什麼才是長久的？沒有什麼是長久的，一切都是轉瞬即過的。」

葉建華說：「可她不一樣。」

藍音沉默半晌，忽然噗哧一笑道：「也許是嫉妒鬧的，你跟她那麼好，擱誰不嫉妒啊？」

葉建華這才鬆了口氣，手指一點藍音的額頭，說：「你呀，嚇我一跳，還真以為你不喜歡她呢。不過你說她已經是編輯了，文學編輯嗎？」

藍音說：「是啊，還是有名的文學大刊——《無名文學》。」

葉建華拍手道：「太好了，她配得上這刊物。」

藍音說：「這麼高興的事，她應該跟你說一聲的。」

葉建華說：「對她也許並不是多高興的事，她最高興的是寫作。再說我們之間，自寄過書後就一直很少聯繫了。」

藍音說：「不明白。」

葉建華說：「有些人，就是一輩子不聯繫，你心裡也是有他的。至於他工作改變了，或者居住的地方從北京到了上海，都是不重要的。」

藍音說：「理是這麼個理，可比如我們倆，文學班結束後，你能忍受我們互不通信息嗎？即便你能我也不能，我會一天一封信地給你寫，直到把你攪擾得坐臥不寧。」

葉建華便笑起來，說：「只要你有耐心寫，我就有耐心讀，為你我寧願坐臥不寧。」

藍音說：「看看，這才是真實的你，只要跟我在一起，真實的你就又回來了。」

葉建華說：「你這意思，是我跟蘇悅在一起就不是真實的我了？」

藍音說：「好像是。」

葉建華說：「好像是更真實的我呢。」

藍音酸酸地說：「也許吧，跟人家才待兩星期，卻可以有一個更真實的我，好叫人羨慕啊。」

葉建華笑道：「你呀，又來了。」

藍音說：「我很想知道，蘇悅那兩篇小說，最後發出來沒有啊？」

葉建華說：「發是發了，可排得都較靠後。」

藍音說：「那也不錯了，比起被槍斃。」

葉建華說：「可我覺得挺可惜的，發了就發了，沒人注意，好小說不該是這樣的。」

藍音說：「寫小說為了什麼？不是為了喜歡為了自由？目的達到了，有沒有人注意還重要嗎？」

葉建華笑了說：「好啊，在這兒等著我哪。不過你想想，十個讀者和一百個讀者的結果一樣不一樣？你那份喜歡、那份自由如果有更大的分享、更多的蔓延，豈不是更好？」

藍音說：「好好好，我是服了你了，一沾蘇悅，我這伶牙俐齒的人都要甘拜下風了。」

藍音到校的第三天，蘇悅果然出現在了葉建華和藍音面前。那時兩人正在空寂的操場上散步，老遠地看見一個穿紅色毛呢大衣的燙髮女子朝她們走來。藍音說：「也許是蘇悅。」葉建華說：「蘇悅是直髮，不是燙髮。」藍音說：「我見她的時候就是燙髮。」葉建華說：「她的衣服通常是黑、灰色。」藍音說：「我見她的時候她就穿這件衣服。」葉建華說：「她是尖下巴。」藍音說：「我見她的時候她可不是尖下巴，都快成雙下巴了。」葉建華說：「是啊，你見她的時候，你是最有發言權的。可她不是和丈夫一起來嗎？」藍音說：「她丈夫也許不是說來就能來的人。」葉建華說：「什麼意思？」藍音說：「人家是部隊首長，說不準什麼時候就有要事纏身呢。」

在這之前，葉建華和藍音為蘇悅的到來已經忙了整整一天。她們先把宿舍的門窗玻璃擦了一遍，把各樣日常用品做了歸置、整理，然後是牆面、地面，床鋪、衣箱……。雖說平時她們是整潔的，可注意不到的死角還是讓她們耗費了時間、體力，比如床下落滿了塵土的鞋子，她們須一雙雙地拎出去清掃、晾曬，拎出鞋子才知道床下還有丟失太久的書本、襪子、梳子什麼的，緊跟著又才發現床下一角有老鼠盜出的大得驚人的土堆，土堆旁可見深不見底的老鼠洞……。這一個個的意外搞得她們有些狼狽，她們不得不用盡全力將床挪開，將那成堆的土一半清掃出去，一半填進了老鼠洞裡。待把宿舍的角角落落都打掃乾淨，已是到了中午，兩人拖了疲憊的身體到食堂打飯，端了盛滿飯菜的飯盆，似走回宿舍的力氣都沒有了，只好就坐在空蕩蕩的餐廳裡，匆匆把午飯打發了。

飯間兩人都沒說話，飯吃進了肚子，像是重又長出了力氣，葉建華才開口道：「原想用不了一會兒時間，誰知半天就過去了。」藍音說：「那還不怪你？哪哪都要弄個遍，不知道的，還以為要衛生大檢查呢。」葉建華說：「怪我，怪我。」藍音說：「下午還要去市裡採購，你是真不想讓人活了。」葉建華說：「下午你休息吧，我一個人去就行。」藍音說：「不行，我是捨命也要陪君子，不然那個蘇悅來了，你更得一個心眼兒地在她一人身上了。」葉建華便笑，說：「什麼鮮花、汽球，水果、點心，這些東西誰先點的？起碼要有個節日氣氛，這話又是誰說的？」藍音說：「我說的不假，可我還不是為了你？你們幾年不見面了，又是你靈魂的朋友。再說我見過她，我知道她會喜歡。」

藍音本是脫口而出，葉建華聽了卻不知為什麼怔了一會兒，她說：「既是靈魂的朋友，這一切準備就是多餘的；既要這樣準備，也許早已不是靈魂的朋友了。」藍音說：「你呀，我也就隨口一說，你倒認真起來了。甭管是不是，準備總是必要的，就算是普通朋友，大老遠地來了咱也得熱情招待不是？」

兩人回宿舍休息一會兒，還是起身往市裡去了。買了藍音提議的東西不算，還跑到書店買了一本新出的《契訶夫小說選》。書是葉建華的提議，她知道契訶夫的小說是蘇悅的最愛。看到書，藍音想起她們曾給金校長看過的小說，建議趁此機會拿給蘇悅看看。葉建華恍然道：「不說我倒忘了，她可是個有眼力的，要聽聽她的看法。」那兩篇小說金校長基本是否定的，原因是她們只盯在了日常的細枝末節上，缺少宏大的思考。她們有些沮喪，也有些不甘，小說稿至今還沒寄出去。

由於累，兩人很早就睡下了，第二天醒來，見燦爛的陽光已是透過玻璃窗鋪了一地了。藍音醒來的第一句話就是：「今天蘇悅要來。」葉建華說：「還總說我，你也是盼蘇悅盼得瘋魔了。」藍音說：「你看今天的天氣多高興。」兩人去看窗外，眼睛都被陽光晃得有些睜不開，只好瞇起來，卻還是開心地看呀看的。靠窗的桌子上有一束鮮花，它插在一隻玻璃瓶裡，陽光下顯得愈發地豔麗喜人。向上看，十幾隻彩色氣球飄蕩在空中，在這十幾平方的小屋裡，幾乎可說得上五彩繽紛、浩浩蕩蕩了。靠後窗的一張桌子上，擺滿了各色水果、點心，窗明几淨，香氣襲人；各樣日常用品，擺放得整整齊齊，洗刷得乾乾淨淨……。天啊，這是在哪兒，可真是我們天天居住的亂糟糟、鬧哄哄的女生宿舍嗎？兩人看著看著，自個兒都被感動得眼睛有些潮濕了……

隨了紅衣女子愈走愈近，葉建華不得不確認，這短髮女子，這穿了紅衣的女子，這已變成了圓乎臉幾乎快成雙下巴的女子，她正是蘇悅，正是那個早已刻在她葉建華心裡的蘇悅！

蘇悅顯然已認出了她倆，她叫著她們的名字來到跟前。握手，擁抱，問好，然後你看著我，我看著你，看著看著，三人竟都有些眼淚花花的了。

這面對面的接觸，讓葉建華一下子放了心，她相信蘇悅仍是原來的那個蘇悅，她的美麗，她濃濃的人情味兒，她小姑娘般的天真的笑，都那麼可愛，可愛得不容人有一絲的置疑。

三人就這麼親親熱熱去了宿舍。宿舍的鮮花和汽球果然讓蘇悅眼睛一亮，她說：「好漂亮啊！」然後她們把放有水果、點心的小桌搬到兩張床之間，圍坐在桌前，開始邊說話邊享用著美食。蘇悅拿起一隻蘋果，有些誇張地大大啃了一口，說：「真好，謝謝你們這麼用心。」然後她很自然地提起當年小縣城的「美食」，雞蛋、紅薯、胡蘿蔔、紅薯乾，還有那質樸可敬的馮師傅……

葉建華和藍音邊聽邊樂，她們真喜歡蘇悅這麼說話，好真切，好貼心。蘇悅還提起當年的辦班老師，說那老師其實也非常好，只不過對稿子的意見不同，她們就對他有了看法。現在她當了編輯才意識到，意見不同是太正常的事，他的固執或者說他的負責想起來也滿可愛的。葉建華點著頭，覺得蘇悅的看法無可反駁，但不知為什麼她更希望聽到蘇悅對那老師的不滿，因為她自個兒的不滿至今還在。葉建華就問蘇悅，為什麼選擇了當編輯而不是寫作？不會是因為那兩篇小說的命運吧？蘇悅搖搖頭說：「不是，現在看那兩篇小說，還是稚嫩了些，有機會當編輯開闊些視野，也未嘗不是好事。哎，你不是還說過：『你若當小說編輯，會是最最優秀的？』」葉建華說：「可你當時很不以為然。」蘇悅說：「那時是有點不知天高地厚。」葉建華說：「不知天高地厚才更自由啊。」蘇悅說：「自由不是無邊界無底線的，不知天高地厚的自由不能叫真正的自由。」葉建華說：「那什麼才是真正的自由呢？」葉建華這樣問著，十分高興和蘇悅的談話終於又回到虛無的層面上去了。讓她沒想到的是，這時蘇悅忽然抬起胳膊，看了下腕上的手錶。葉建華卻不想失去這樣的機會，她像沒看見蘇悅的舉動，繼續說：「還記得我當年對你的提問嗎，我說：『什麼才是永久的？』你回答我說：『沒有窮盡才是永久的，相對浩瀚大海一樣的種種問題，你能弄明白的，幾乎等於個零。』你還說：『只要足夠耐心和細心，總能明白一點，至少對自個兒的事明白一點。』我就說：『耐心和細心，我相信自個兒還夠。』你說：『不過這耐心和細心，可能是一輩子的事了。』我說：『那我就耐心和細心一輩子。』所以我還是要耐心地追問，什麼才是真正的自由呢？」

葉建華說完，就發現蘇悅寬容地笑了，她說：「建華你還是老樣子，那些話難得你都還記得，有的話我自個兒都忘了。」

這時，坐在一旁的藍音插話道：「我知道你還說過，從生死這一意義上說，全世界的人都是平等的。這對一直有平等情結的葉建華來說意義重大。」

蘇悅說：「真的嗎建華？」

葉建華點點頭，正想說什麼，藍音又說道：「我還知道，你們在一起能相互激發出和別人在一起難有的東西，這真叫人羨慕。」

葉建華看著藍音，覺得她和自個兒一樣，也許都在有意忽視著蘇悅的看錶，這忽視其實是近乎無理的，可她仍有些感激藍音。只是覺得，藍音的話題有些平移，使有可能深入下去的話題很可惜地錯過去了。

藍音卻似並不自知，她繼續說道：「聽說你們為某件事還拉了勾發了誓，是真的嗎？」

蘇悅先怔了一下，忽然就哈哈大笑起來，她說：「看來你們倆真是無話不談啊，真的，這事真有，不過是我首先背叛了約定。建華，對不起了。」說完又哈哈大笑了一陣，好像當年那拉勾不過是個小孩子過家家一樣的遊戲，絲毫也不值得當真。

葉建華看著蘇悅，也不得不笑著。她想蘇悅的大笑也許是一種掩飾，也許真就覺得那不過是兒戲而已，無論怎樣她都無可非議。可是，既然無可非議，為什麼自個兒笑得有點心疼？

這時，蘇悅又一次抬起胳膊看了看手錶。

葉建華再也不想忽視蘇悅這舉動了，她便問道：「有人在等你？」

蘇悅點點頭說：「約定的是四十分鐘，沒想到一小時都過去了，時間真快啊。」

葉建華和藍音相互看看，彷彿都為那「四十分鐘」感到了驚訝，昨天那一整天的勞累，她們可是從沒想到過四十分鐘的。

後來她們聽蘇悅說，她丈夫的車就等在校門外，他所處的環境決定他是個十分守時的人，她現在也受他的影響不小，今天的超時，對她已是個破例了。她們不得不點著頭，表示著理解。從宿舍走到學校大門口的幾分鐘裡，幾乎都是蘇悅在說話，說她的丈夫，說她的家庭，說她對家庭的感受，好像在宿舍沒來得及說出的話，要在這幾分鐘裡努力補上似的。她們認真地聽著，對她真切的表露不禁生出了感動。

蘇悅丈夫的車停在離校門口大約二百米的便道上，在蘇悅的阻攔下，葉建華和藍音便站在校門口與蘇悅告別。蘇悅和兩人一一擁抱，一再要兩人有空找她玩去。走出幾步，忽然想起什麼，從大衣口袋裡掏出兩個手指粗細的小盒子，轉回身來一個遞給葉建華，一個遞給藍音，說：「不好意思差點忘了，一人一隻口紅，國外的女人出門都要化妝的，我們也應該把自個兒打扮得漂漂亮亮的，是不是，建華？」葉建華這才發現，蘇悅的嘴唇是塗過口紅的，眼睛則塗了淡淡的眼影，一張本就紅撲撲的臉現在愈發地細膩、好看了。

蘇悅終於轉身朝那車走去，她們依依不捨地目送著她，看她將到車跟前時，又回頭朝她們揮了揮手。那是輛吉普車，從車裡走出個穿軍裝的高個頭兒、寬身板兒男子，為蘇悅打開了車門。

藍音說：「要是有一個為我開車門的帥氣男人，這輩子不寫作也罷。」

葉建華便笑。蘇悅彎腰進了車子，男人也隨後進去關上了車門。

藍音忽然說道：「壞了壞了，小說稿，還有你送她的書……」

葉建華也才猛然想起，但已經來不及了，書和小說稿還在宿舍裡，吉普車卻已開動起來，在她們的視線裡愈來愈小，轉瞬間就消失得無影無蹤了。葉建華遺憾的同時，忽然倒有幾分慶幸。她想，那本《契訶夫小說選》作為禮物，也許已不適合送給蘇悅了。至於小說稿，以後寄給她也不妨事。她原本是有跟蘇悅談小說的打算的，可不知怎麼就沒想起來；還有許多想談的話題，也都沒想起來……

葉建華和藍音回到宿舍，見鮮花依然豔麗，汽球依然五彩繽紛，可不知怎麼忽然累得要命，也顧不得收拾水果皮什麼的，身子懶懶地一歪，就都躺到床上去了。

藍音說：「蘇悅真是個可愛的女子。」

葉建華沒吱聲。

藍音說：「今天基本是我們在聽她說話。」

葉建華仍沒吱聲。

藍音說：「葉建華你是不是失望了？」

葉建華說：「沒有。」

藍音說：「我知道你剛才一直在等待那個真實的蘇悅的出現，因為她出現了，真實的葉建華才能出現。」

葉建華猛然坐起來說：「你真聰明，可你總在轉移話題。」

藍音也坐起來說：「因為我看出根本沒那個可能，你沒看見她總在看錶嗎？」

葉建華說：「你是說時機不可能還是壓根兒就沒有那個真實的蘇悅了？」

藍音說：「不知道，起碼時機不可能是肯定的，從她一看錶我就能肯定了。所以我就儘量多地選話題給她，說不定她就能在哪個話題停頓下來，多說一點。」

葉建華說：「可她停頓下來的是最不想說的話題。」

藍音說：「是啊，我也沒想到她會那麼說話。不過我說什麼來著，什麼話都可以當真，偏這種話是當不得真的。」

葉建華又無力地倒了下去，說：「我其實也不是非要當真，只是她為什麼一定要哈哈大笑呢？」

藍音說：「她不笑又能怎樣，總不能一臉難過地跟你說對不起吧？」

葉建華說：「是啊，她不笑又能怎樣……」

藍音說：「也許都是時間的緣故，還以為她要住上幾天呢，哪怕住一夜呢，說不定一切就都不一樣了。」

葉建華說：「定好了四十分鐘，還怎麼可能住幾天住一夜呢？四十分鐘……」

後來，藍音也躺了下去，兩人都久久地沉默著，彷彿被這「四十分鐘」阻斷了思路，再也想不出什麼話來了。

十五

藍音本打算和葉建華一起在學校過年的，被葉建華拒絕了；藍音又提議葉建華跟她一起回家過年，葉建華也沒答應。葉建華說：「留校是我自個兒的選擇，我有我的打算，你不要可憐我好不好？」藍音只好作罷，和葉建華待了幾天，就坐火車回家陪父母過年去了。剩了葉建華一個人，重又回到了前些天的讀書狀態。

留在學校的學生，每天都在減少著，這從晚上的燈光和到食堂吃飯時的排隊就能看出。

葉建華現在一邊看卡繆的書，一邊打開了舍斯托夫、托爾斯泰、契訶夫、杜斯妥也夫斯基、褚威格、弗洛姆、叔本華、尼采、赫塞等人的書，甚至期末剛認識的齊克果（又譯：克爾凱郭爾）、普魯斯特也打開了，他們也許和卡繆壓根兒沒什麼關係，但他們在思考人的存在的問題上，誰又能說沒關係呢？至少在她葉建華這裡，他們就如同久違的朋友一樣聚在一起了。她坐在床的中央，打開的書圍繞她鋪了一床。她沒有蓋棉大衣，好像已不那麼冷了，甚至看到某一段話，她會興奮得臉紅起來，鼻尖竟還會泌出細密的汗珠。好比齊克果說的人生三絕望：「不知道有自我、不願意有自我、不能夠有自我」，說得真好，簡直就是在說她呢！她不由得由坐變成了跪，身上竟莫名地有些燥熱；赫塞也說：「對每個人而言，真正的職責只有一個：找到自我。然後在心中堅守其一生，全心全意，永不停息。所有其他的路都是不完整的，是人的逃避方式，是對大眾理想的懦弱回歸，是隨波逐流，是對內心的恐懼。」他們其實是在用不同的話說同一件事呢。而卡繆的說法和他們顯然不同：「我的靈魂與我之間的距離如此遙遠，而我的存在卻如此真實。」但誰能說清楚，他們的不同裡又存著多少太多的相同呢？

一個一個地看，一個一個地比較，不知不覺地，她一向癡迷的細緻入微的東西變得壯闊起來，彷彿融入了一支浩浩蕩蕩的人類生存的大軍。這大軍既直逼靈魂，又腳踏實地，既披荊斬棘，又心細如髮，這讓她既興奮又有些卑微。大軍既來了就不能讓它輕易地走了，關鍵是，她能否真正地融入，讓細緻入微與波瀾壯闊成為一體？現在，她感覺是好的，就如同進到了另一世界的深處，那壯闊的世界大同小異，沒有讓她疑慮重重，反讓她眼界更寬廣，心胸更開闊了。雖說看得有些眼花繚亂，但好歹是清醒的，即她的細緻入微是不能丟掉的，若丟掉了那壯闊的世界於她也就等於丟掉了。

這時的她忽然感到，那篇曾送給金校長看的小說稿，其實是太微不足道了，金校長的否定有偏頗，卻也不無道理。現在她的眼前，難以抑制地閃現著一幕幕的場景、一個個的人物、一對對的微妙關係……。她明白這是什麼，就如同上天所賜，她必須牢牢地抓住它們，必須變成自己的創造！創造從何而來？「我認為一個作家要做的，就是發現我們心中最大的隱痛，耐心地認識它，充分地揭示它，自覺地使它成為我們文字我們身心的一部分。」她已想不起這是哪位作家說過的了，但此刻閃現出來，一定就是她需要的，她欣喜地接納了它。

她把床上的書一本一本地收起，然後兩條腿不自覺地走出房門，走過宿舍後面的操場，走出學校的後門，直奔校後的樹林而去。她自個兒也不知為什麼要往那裡去，彷彿有一個另外的世界等在那裡，她若不及時趕到就可能錯過相遇的機會。

冬天的樹林子是灰色的，樹上雖可見大大小小的鳥窩，但冷寂、荒涼之氣仍不可分說地撲面而來。葉建華踩了腳下的樹葉子，「刷刷刷刷」地走在樹趟子之間。開始她還有種陌生感，但很快她便認出了那棵熟悉的大樹，她曾捧了書本，多次坐在樹下讀啊，想啊，想啊，讀啊……。看見它，就如同看見了可靠的朋友一樣，她的神一下子定了下來，樹林子也變得親切、明亮起來，將那冷寂、荒涼竟是奇妙地趕得不見蹤影了。她便在樹趟子間來來回回地走著，宿舍裡出現過的一幕幕場景再次出現了，彷彿由於場地的開闊，場景也變得開闊了許多，人物、故事也一個個地接踵而至……。她對它們迅速地做著選擇，腳下同時一點不敢怠慢，不停步，甚至不改變步子的快慢，彷彿稍有改變，那些場景就可能煙消雲散一樣。

吃過晚飯，她就爬到自己的上鋪去了。她坐在床頭，後背靠了枕頭，腿上搭了棉被，手上是一支圓珠筆和一沓整齊的白報紙。她就這麼坐了一夜，寫了一夜。寫到紙上的文字，多數都是舉起筆時，它們自個兒蹦跳著跑出來的。她真高興它們這活潑潑的自由自在的樣子。不過也有讓她等待的時候，半天不見一個字出來，有時以為是了，寫出來卻滿眼的彆扭，只能「噌噌」地劃去，然後再等。終於等來了合適的，那喜悅之情簡直難以言表。它們也有活潑得過頭兒的時候，「忽啦啦」跑出來一堆，讓她哪個也捨不得扔掉，卻又不可能全用，糾結半天，耗費了時間不算，心裡還一直對那被扔掉的念念不忘，對下邊文字的繼續都形成了干擾了。

直到天將放亮時，她的眼睛才止不住地打起架來，腦子也變成了一片空白，再也跳不出她需要的文字來了。她便紙筆也顧不得放，躺也顧不得躺，就那麼靠了枕頭睡去了。

宿舍裡是太安靜了，整個學校也太安靜了，葉建華一覺醒來，太陽已經偏了西了。看著照進窗來的陽光，開始她還以為是早晨呢，再一細看，不對呀，陽光怎麼跑到東牆上去了？意識到下午，肚子也「咕咕」地叫起來。她卻不忙起床，坐在那裡看自個兒寫下的最後一段文字。文字就像是有生命的，一見面一整篇就都活起來了，她移開目光，想像著這生命會如何繼續下去……。直到西斜的陽光在屋內消失，她才從想像的場景中分離出來。她跳下床匆匆洗了把臉，兩條辮子用一條手絹紮在一起，便拿起飯盆到食堂去了。

食堂打飯的窗口已經打開了，餐廳裡卻空蕩蕩的，還不見一個打飯的人來。葉建華把飯盆、飯票伸進窗口，見站在窗口的已不是原來留校的鄭師傅了。鄭師傅是個胖子，這師傅卻瘦瘦的；鄭師傅總是虎著個臉，這師傅卻似笑非笑，臉上一派平和……。看著看著，葉建華不由得失聲叫道：「馮師傅！」

那馮師傅定睛細看，竟也叫出了她的名字。

天啊，還真是馮師傅，葉建華如同看到老朋友般地一陣欣喜，她說：「太好了，又能吃上您做的飯了！」

原來，馮師傅放寒假前就調來了，只是兩人無緣遇上。放寒假鄭師傅一人留在食堂，其他人都回了老家。只因這兩天鄭師傅孩子病了，其他師傅又都脫不開身，也只有馮師傅前來替他了。

馮師傅做的是家常餅和白菜、粉條、豆腐菜，葉建華一看就樂了，說：「這是我最愛吃的，有您馮師傅在，我這假期就享福了。」

馮師傅在窗口裡打飯，葉建華便坐在窗口外的一張餐桌上吃飯。前來打飯的老師、學生總共不過二十幾個人，打完飯就離開了，因為餐廳太大了，太大了人就不好壓住它的冷清了。

為最後一個人打完飯，馮師傅也自然端了飯菜來了餐廳。他坐在葉建華的對面，仍如從前的他一般安靜，不說什麼，只是神態從容、自然地咀嚼著食物，就像和她葉建華這麼一起吃飯已有上百年了。

葉建華看著便笑了，說：「馮師傅您還是老樣子。」

馮師傅笑笑，繼續吃著。

葉建華說：「一晃好幾年了，想不到咱們還會再見面。」

馮師傅又笑笑。

葉建華說：「馮師傅您看我也沒咋變吧？」

葉建華覺得自個兒實在是沒話找話，馮師傅不說話，她就總得說話，兩個人都一聲不響地吃飯，豈不是太滑稽了？

馮師傅頭也沒抬地說：「瘦了。」又說：「昨晚是不是熬夜了？」

葉建華驚奇道：「你咋知道？」

馮師傅說：「白天睡覺，晚上還不是熬夜了？」

葉建華不好意思道：「讓您看出來了，我是睡了一整天，太睏了。」

馮師傅說：「實在要熬夜，也要吃好飯，你至少兩頓飯沒吃吧？」

葉建華說：「您是早晨、中午都沒看到我打飯吧，沒有，宿舍裡有吃的。」

葉建華不知自個兒為什麼撒了謊，跟馮師傅不過萍水相逢，沒吃飯就沒吃飯，全不必撒什麼謊的。她想大約全因為馮師傅的中規中矩吧。

馮師傅便笑了笑，那笑分明是看出了她的撒謊，只是不說破罷了。

葉建華便欲轉移話題，想說說到這學校以來的感受，或者說說自個兒為什麼沒回家過年的原因，可一想，人家又沒問，說這些人家未必想聽。這時，蘇悅的影子忽然閃現出來，她不由得一喜，是啊，蘇悅可說是她和他唯一都熟悉的人了，不聊蘇悅聊什麼呢？

葉建華便說：「馮師傅還記得蘇悅嗎？」

馮師傅的眼睛一亮，卻沒說什麼，只點了點頭。

葉建華察覺了那猛然一亮的眼睛，心想果然聊對了，還真是個馮師傅感興趣的話題。

葉建華便從她與蘇悅和辦班老師的分歧開始說起，到她倆的徹夜長談，到兩人的共寄郵件、共逛集市，再到把採購來的一堆東西交給馮師傅……

馮師傅早已吃完，他將吃得乾乾淨淨的飯碗推到一邊，一臉笑意地聽葉建華講述。有時他也會插話，糾正或補充葉建華的記憶。

馮師傅的樣子讓葉建華講得很是愉快，她本不想從和老師的小說分歧講起的，可不知怎麼一張口就是了，好在馮師傅顯然是想聽的，好像也滿聽得懂，她便不再顧忌，一味任性地講下去了。

這頓飯大約吃了兩個小時，除了和蘇悅、藍音，她還從沒這麼講個沒完沒了。她覺得也許是一個人鬧的，碰上個熟人就再也管不住那關閉太久的嘴了。當然也和馮師傅有關，真正和馮師傅面對面地坐下來，才發現他的眼睛是會說話的，無論她說什麼，那眼睛都是懂的，都有及時的回應。他的眼睛不大，也說不上靈活，平時眼皮多是向下拉的，給人看地下的感覺。但真的上揚起來，眼睛黑亮黑亮的，一笑還有些彎彎的，跟女人的眼睛倒有幾分相像。但由於高高的顴骨和粗黑的眉毛，不笑時又多了幾分嚴峻，很是男性化的了。葉建華便看著這雙眼睛講啊講的。有時候她也會請他來講，他雖總是隻言片語，卻出乎意料地真率，有時真率得，令葉建華都險些不相信眼前坐著的是平和、安靜的馮師傅了。比如說到和辦班老師的分歧，馮師傅說：「那老師悟性太差。」葉建華說：「你咋知道？」馮師傅說：「他吃飯吃不出好歹。」葉建華便回想那段日子，卻想不起那老師對飯菜有過多少評價，唯一的一次，是在飯桌上指點了一盤小蔥拌豆腐說：「我在報紙上看到過一篇文章，說豆腐是不宜這麼生拌的。」蘇悅當即說：「人家這是蒸過的，您沒吃出來嗎？」過後蘇悅對葉建華說：「我發現菜愈簡單馮師傅就做得愈精細，豆腐是一大早自個兒磨出來的，小蔥是挑了又挑，揀了又揀，非碧綠、細嫩就絕不要的，刀工就更不必說了，可老師他，竟是沒吃出來。」比如說到蘇悅，馮師傅說：「她悟性好，幹什麼都能幹得不錯，只是韌性不足。」葉建華驚奇道：「韌性不足是打哪兒看出來的？」馮師傅說：「沒有打哪兒，就是一種感覺。」葉建華說：「我跟她朝夕相伴了兩星期，都沒看出來。」這時，不知為什麼葉建華就想到了蘇悅的結婚，不由得脫口說道：「她已經結婚了，現在一家雜誌社當編輯。」接著便說到前幾天蘇悅來學校的事。馮師傅聽完沒說什麼，只是搭拉下眼皮，輕輕地嘆了口氣。葉建華說：「您覺得這樣不好麼？」馮師傅說：「也好。」葉建華說：「那您為什麼嘆氣？」馮師傅說：「不知道。」又說：「不過也是必然。」葉建華說：「就寫作來說，任何生活都可能作為材料、源泉的，如果一直心向寫作，也許結不結婚、當不當編輯就無所謂了。」馮師傅說：「道理是對，但生活不是靠道理。就像做菜一樣，我很少看書本，多半是憑直覺。」葉建華看著馮師傅，再想不出反駁的話了，他用語簡潔，卻是一竿子插到底的感覺。葉建華心裡好奇怪，一個整天和柴米油鹽打交道的大師傅，想必是沒讀過多少書的，可他的智慧和自信是打哪兒來的呢？

終於話題告一段落，兩人都站起身來。葉建華這才注意到馮師傅吃得乾乾淨淨的兩隻飯碗，那飯碗都是一色的乳白，不大不小，在日光燈下閃了妙不可言的光澤。而自己用的是一隻綠色的搪瓷飯盆，對比那飯碗顯得有些傻大粗笨，盆裡還剩了小半拉饅頭和幾口白菜。她吃飯一向是任性的，平時並不覺得剩飯有什麼不好，但這時忽然就有點臉紅，她看了飯盆說：「不好意思，對不起了，馮師傅。」馮師傅只笑一笑，一言未發。

走出食堂時，見除了路燈，到處是黑暗的，原本就沒有幾處燈光的教室、宿舍此時已全都熄燈了。一棵棵的樹木矗立在冬夜的寒風裡，更添了幾分冷寂、蕭瑟。馮師傅一直將葉建華送到了宿舍門口。葉建華問他住在哪裡，他說就住在食堂附近。葉建華看著他回返的背影，不禁一陣感動：這個人，總是什麼都不說出來的。她想到蘇悅當初對他的評價——質樸，心想蘇悅到底是厲害的，一眼就看到了人的骨子裡。

回到宿舍，葉建華再次爬上鋪去，拿起了紙筆。

這一次，紙上的生命竟是愈發地生氣勃勃，就像是自個兒拽了紙筆，「刷刷刷刷」地完成著自己，而拿筆的人兒倒成了機械的工具似的。有一刻意識到如此，葉建華不禁開心地笑了，她不知為什麼會這樣，只知這樣才是好的，紙上的生命才可能更真實、自然。她期望這一篇直到完結，都會賜予她這樣的狀態。是啊，賜予，冥冥之中，她覺得萬物是有靈的，一切，一切，包括與馮師傅的相遇，也是一種賜予吧，令她愉快、令她不再孤單的賜予。誰能說得準，此刻這美好的狀態，與馮師傅沒有一點關係呢？

寫作又馬不停蹄行進了整整一夜，這一次一抬頭，天啊，房間裡都有陽光照進來了。她想著應該下去洗把臉，梳好辮子，到食堂吃早飯去了。馮師傅的早飯是非吃不可的，黃亮亮的小米粥，小巧玲瓏的糖包、豆包，或者酥脆的油炸麻花，還有那簡單卻精緻的清香誘人的小蔥拌豆腐……。想著想著，就覺得自個兒真的下去去洗臉了，去食堂打飯去了……，卻哪知身子依然那麼靠棉被坐著，不知不覺地進到夢鄉去了。夢鄉裡也有個食堂，也有個馮師傅，和昨晚一樣與她對桌而坐。卻不知為什麼，她拿筷子的手怎麼也抬不起來了，眼看著一桌子的美食竟一口也吃不到嘴裡，急得她都要哭出來了。這時馮師傅也不知哪裡去了，空蕩蕩的餐廳只剩了她孤單單一個人。她大聲喊著馮師傅，卻除了自己的回音，聽不到一聲應答。她喊得又累又睏，不知不覺地就靠在飯桌旁閉上了眼睛……

葉建華再次醒來時，已是近中午了。桌上有一隻藍音留下的鬧鐘，上課的日子每天早晨六點半它會準時響起，它曾讓全宿舍的人十分依賴它。藍音走後，葉建華就再也沒管過它，任它永遠定格在三點半，永遠不再響起給人限制的鈴聲。葉建華感受到，自由首先是時間上的自由，一切安排都歸於自己，睡覺的時間可以不睡覺，吃飯的時間可以不吃飯，大白天可以倒在床上進入夢鄉。真好，時間歸於自己是真好啊！她發現自己仍坐在床上，手裡的紙和筆已不知什麼時候滾落在被子的一側，左手鑽進了被子，右手卻露在外面，冰涼冰涼。她試圖讓右手也鑽進被子暖和暖和，右手卻不聽話地動也不動。她不由得吃了一驚，用力上抬，果然就抬不起來，一整條胳膊包括右肩膀，都失去了知覺似的。雖說如此，卻又像是被誰打了幾拳，疼痛得要命，是一種右半邊要廢掉的感覺。

這感覺是太可怕了，葉建華不甘心地用左手支撐起身體，試圖像往常一樣一躍而下，可身體已明顯地不那麼完整，她像斷了翅膀的鳥兒一樣失衡地跌落在地，額頭撞得生疼，兩條腿跌得半天爬不起來。

她扶了床艱難地站起來，走了幾步，發現還好，兩條腿並無大礙，照照鏡子，額頭也不過起了個青包。她便一隻手洗了把臉，又動作緩慢地穿起大衣，剛要出門，忽然想起昨天馮師傅那兩隻乾淨又精緻的飯碗，不由得轉回身來，將自個兒的穿著上上下下察看一遍，又將頭髮散開，一下一下地梳個通透。一隻手實在不好編花，索性就一條手絹攏在了身後。她不知穿著、頭髮和那飯碗有什麼關係，但這麼做之後踏實了許多。她便帶了這份踏實向食堂走去。

好像還不到打飯時間，餐廳裡不見一個人影。她推開餐廳通往廚房的一扇小門，望見馮師傅身穿白衣，頭戴白帽，正站在案前飛快地切著什麼。這時火上的炒菜鍋已有熱氣升騰起來，他將案上的東西倒進鍋裡，上下翻炒，那動作迅疾、準確，卻又不急不慌。炒好的菜倒進了一隻瓷盆裡，同樣大小的瓷盆一排溜已有四五隻，盆內冒了騰騰熱氣，盆外則隻隻淨潔明亮，又有陣陣的菜香撲鼻而來。葉建華想，馮師傅不像是在工作，倒像是在享受呢。她想起昨晚吃飯時，馮師傅穿的是件藍色中式小襖，想必他吃飯是要把工作服脫掉的。他生活得真是細緻，比起原來的鄭師傅，不知強過了多少倍。就看這廚房，從來是雜亂無章，充斥了汙濁之氣，而現在，一經馮師傅的手，就如變了戲法一般，乾淨、整潔，各歸各位，需要什麼，不必看就拿在手上了，倒像是那東西自個兒跳上去的。馮師傅的記憶力也實在好，偌大個廚房，又是初來乍到，卻不會為找哪樣東西慌了手腳，總是手到擒來，總是從容不迫，總是那麼有節奏，那麼優雅。

「優雅」這詞跳出來，不由得令葉建華吃了一驚，馮師傅，優雅，哪跟哪的事啊。可眼前她站在這裡，幾乎著迷地看著馮師傅的一舉一動，她的疼痛得不能抬起的胳膊，此刻都像是被她忘記了。她想，除了「優雅」，好像再沒有更合適的詞了。

有一刻馮師傅發現了葉建華，老遠地衝她笑了一下，就又去忙他的了。忙完一切，來到葉建華跟前，張口就說：「總不吃早飯怎麼行呢？」葉建華說：「非常非常想吃，可想著想著就想到夢裡去了。」馮師傅看了她的額頭說：「摔著了？」葉建華笑道：「不小心磕了一下。」馮師傅說：「胳膊怎麼了？」葉建華說：「沒怎麼啊。」馮師傅說：「抬起來我看看。」葉建華便把左胳膊抬了抬。馮師傅說：「抬右胳膊。」葉建華用盡全力去抬，想著也許是可以做到的，可那胳膊太不爭氣，除了更加疼痛，就如同一條假胳膊吊在那裡。終於，葉建華再也撐不下去了，看了眼前這張明察秋毫的臉，她的鼻子一酸，眼淚不禁奪眶而出。

不待葉建華說明情況，馮師傅就明白了病因，他說：「右胳膊用過頭兒了，總一個姿式，再加上著涼，不出毛病才怪。」他扶葉建華先坐在飯桌前，然後打了飯菜端過來，他說：「你先吃飯，吃完飯不要走，我幫你看看。」葉建華接受著，也驚奇著：好像沒有這馮師傅不懂的事呢。

這時，來打飯的人已經陸續到了，明顯比昨天多了不少，多出的人有孩子也有老人。葉建華猜想是學校老師的家屬，得知馮師傅做的飯好吃，便紛紛地趕來了。聽說金校長回東北老家過年去了，為了他年已八旬的老母親，不然她說不定還會在這餐廳見到金校長，因為金校長在校時為了節省時間，常常到食堂打飯吃。排隊的老師、學生通常會把他讓在前面，他倒也自然、灑脫，有人讓就接受，沒人讓就排在隊伍裡，一點不覺得尷尬。

在餐廳吃飯的除了葉建華，還有兩個高個子男生。葉建華常在足球場看到他們，好像放寒假不回家就是為了踢足球的。他們長相還行，吃相卻不雅，一個有「叭嗒叭嗒」的響聲，一個則將嘴裡填得滿滿的，腮幫子鼓出個大包。桌子上呢，讓他們鋪滿了食物渣子，斂在一起幾乎都夠小半碗了。

這回來食堂，葉建華把筷子換成了勺子，她用左手拿勺彆彆扭扭地吃著。馮師傅為她打了兩份菜，一份醋燉帶魚，一份清炒絲瓜，也都是她的最愛。這兩份菜，在縣招待所時她就吃過，她和蘇悅是一樣地喜歡，但到學校以來她只吃了一次就再沒買過了，因為那絲瓜總是炒得太過頭兒，帶魚也總有一股魚腥味兒。昨晚吃飯時這話她曾無意聊起過，想不到馮師傅他竟記在心裡了。現在絲瓜是湛綠的顏色，帶魚則黃亮亮的，吃起來是一種純香，再也沒有那渾濁不清的顏色和味道了。

這一頓飯，葉建華吃得格外乾淨，盆裡盆外，除了幾根清清爽爽的魚刺，再見不到其他。在窗口前打飯的只剩了一人，那人打完飯，葉建華看見馮師傅關閉了窗口，從廚房一側的小門往這裡走過來。

到了跟前，馮師傅不說什麼就先抬起了她的胳膊。葉建華要他吃完飯再看，他搖搖頭說，時間愈長愈不好恢復。他其實哪裡是看看，那樣子完全就是個胸有成竹的醫生。他的眼睛是自信的，他的動作是嫻熟的，從胳膊到肩膀，又從肩膀到胳膊，他的手按過的每一個地方都準確而有預知的路徑。葉建華明白那是穴位和經絡，中醫最基本的理念。據父親說她的曾祖父是位遠近聞名的中醫，只可惜到她祖父這輩就與中醫無緣了。但父親的自豪感令她印象深刻，每逢過年過節，他都要拿出曾祖父的遺照拜上幾拜，就連她的寫作，他都認為是和曾祖父的中醫大有關係。她自個兒倒不以為然，但她對穴位是敏感的，她曾接受過中醫的針灸和按摩，她對治療的感覺令每一位中醫都欣喜而又不得不小心翼翼。

現在，葉建華邊感受著馮師傅的按摩邊驚奇著這事的奇妙，從沒聽他提起過中醫，可他的手法，簡直比專業醫生還要出色呢。她明顯地感覺到，通過那被按到的穴位一股力量正在有效地向深處和周圍擴散，這力量使那疼痛已有些緩解，胳膊也不再像剛才那樣僵硬，用力抬一抬，竟可以抬起十幾公分了。其實開始她並沒抱什麼希望，馮師傅的關心總是要接受的，吃過飯之後她就準備到醫院去，她可不想為此耽誤她的寫作。她問馮師傅：「能徹底好起來嗎？」馮師傅說：「當然。」她又問：「需要幾天？還是幾十天？」馮師傅說：「都用不了，明天這時候你就可以拿筷子了。」

馮師傅的口氣十分肯定，她深知他是從無戲言的，可驚喜的同時還是不敢相信。她說：「要真能拿筷子，我就做您徒弟，跟您學中醫了。」話一出口她就覺出了這話的輕率，果然馮師傅說道：「你幹不了中醫。」她問：「為什麼？」馮師傅說：「因為你捨不下寫作。」她說：「學中醫就一定要捨下寫作嗎？您不是也沒捨下廚藝？」馮師傅說：「不一樣。」她問：「咋不一樣？」馮師傅沒做回答，一心地做著按摩，好像按摩到了關鍵火候，一說話就可能影響療效似的。

他們這邊按摩著，在另一張桌子上吃飯的兩個高個子男生不時地看看他們。一會兒，兩個人也走了過來，他們問馮師傅：「腳崴了有沒有辦法？」馮師傅說：「誰腳崴了？」其中的一個便伸出一隻腳，那腳的腳面果然有些紅腫。馮師傅說：「沒按摩過吧？」那男生說：「沒有。」馮師傅說：「千萬別按摩，按摩會加重的。」馮師傅要他先去水池那邊用涼水沖一沖，他按摩完便幫他處理一下。那男生懷疑地指了葉建華問：「那她怎麼可以按摩呢？」馮師傅說：「不一樣。」那男生說：「咋不一樣？」馮師傅不做回答。那男生被另一個男生扶了，將信將疑地朝水池子走去。葉建華看著他們，想到自個兒剛才也問過「咋不一樣」的話，馮師傅同樣沒做回答，她忽然就覺得，在馮師傅這樣的人面前，是不能有一點驕矜之心的，他會看出來還不重要，重要的是自個兒的無知、愚蠢會露出馬腳，會在一些隱形的難以言說的知識面前丟人現眼。而人類生活中，多少知識都是隱形的不易言說的呀。

隨了胳膊的逐漸輕鬆，葉建華已經徹底地相信著馮師傅了。馮師傅結束了對她的治療，從他住處拿來了幾根銀針和一瓶紅花油，就見他在那學生的腿上、腳上輕輕地將幾根針扎了下去。等候片刻，針拔出來，又將紅花油在腳上反覆塗抹。這時學生就說了句：「好像是好些了。」馮師傅長長地舒了口氣，說：「下來走走看。」男生的腿擔在併起的兩隻木凳上，他放下腿站起來，一瘸一拐地走了幾步，忽然綻開了笑容說：「不像那麼疼了。」馮師傅說：「明天這時候再扎一回，就差不多了。」那男生連說「謝謝」，說明天一定再來。馮師傅說：「不過有個條件。」男生一怔，問：「什麼條件？」馮師傅指了他們吃過的飯桌說，吃飯再不能連吃帶種了，飯桌上可不長莊稼的。兩個男生都不好意思地笑了，他們回到吃飯的桌上，用手一粒一粒地將飯渣撿了起來，四隻手又大又有些笨拙，好容易撿乾淨了桌子，才朝了門口的垃圾桶走去。

葉建華將幾根魚刺撿進飯盆裡，也站起身來。馮師傅說：「凡事都有因果，他們是過於用力，你是過於不用力，結果卻都傷了身體；吃飯也一樣，一天少一頓、兩頓還好，天天少一頓、兩頓，害處就會出來；還有睡覺，晚上就是用來睡覺的，白天就是用來工作的，你偏偏黑白顛倒。我不知白天的工作晚上幹能不能幹好，但我知道，晚上的覺白天補一定是補不上的，因為人身體的運行和天地運行是有對應的。不信你就試試，晚上十點睡覺，早上六點起床，按點吃飯，按點寫作，寫作出來的東西是不是會更好？」

好像由於葉建華站起身要離開的樣子，馮師傅的語速比平時快了許多，話也比平時多了許多。這是葉建華沒料到的，她不由得連連點頭，十分相信這些話的無比正確。更重要的是，這些話進校以來還是頭一回聽到，它不只是一種道理，它更像出自一位家人的關心，一位兄長的殷切囑託。葉建華看著馮師傅，見他的表情依然平和、從容，眼睛有些彎彎的，帶了幾絲笑意。不知為什麼，看著這眼睛，她心裡不由得一動，她想，這其實是個有魅力的男人。

這天晚上，葉建華真就按馮師傅說的做了，十點睡覺。可躺在床上不知不覺就又是小說裡一幕幕的場景了，想止也止不住，想睡更是睡不著。她覺得那場景們像是格外地適合夜晚，它們在黑暗中呈現得愈發地完整和深入，一些在燈光下尚顯模糊的，此刻竟是異常地清晰起來……。她想，與它們相比，睡覺有什麼要緊呢。她便任憑它們顯現著。她沒有拿起紙筆記錄下來，除了胳膊疼痛的原因，她還是想試一試，白天的寫作會是什麼樣子。

第二天早晨她七點鐘才從睡夢中醒來，穿衣服時，胳膊雖仍不能高抬，已比昨天自如多了。洗臉、刷牙、梳辮子，那右手也可多少幫到左手了。到食堂打飯，她高興地衝馮師傅抬了抬胳膊，馮師傅說：「下午再按摩一回，吃晚飯拿筷子就沒問題了。」

早飯吃的是豆包、小米粥和白菜心拌豆腐。豆腐是煎完再放鹽醃製過的，外黃內白，切成了薄薄的條狀，然後用香油拌了菜心，吃進口裡，一股妙不可言的清香之氣。就是豆包和小米粥，看上去家常、普通，卻也要有兩小時以上的時間做保證。這些自不是馮師傅的表白，而是葉建華從小的觀察，因為奶奶就是個做飯不肯馬虎的人，因為奶奶的不肯馬虎，母親也不得不跟著學到了不少。讓葉建華更高興的是，兩個踢足球的男生和她一桌吃了早飯，豆包是最易掉渣的，一頓飯吃完桌上竟是乾乾淨淨，各自的飯盆裡也沒剩一粒米、一口菜。他們相互看看，不禁都心照不宣地笑了。這時的馮師傅仍在窗口忙碌著，放假期間起床有早有晚，早飯會持續很長時間。但起床最晚的一個也能喝到熱騰騰的小米粥，這已經是所有來食堂吃飯的人的共識。

回到宿舍，葉建華將桌子搬到屋中央，紙筆放在桌上，床鋪整理得整整齊齊，地掃得乾乾淨淨，就如同迎接一個新的節日一般。她搬把椅子坐在桌前，發現一抹陽光不知什麼時候已經爬上了桌子，幾乎都要靠近那沓稿紙了。不知為什麼她將稿紙挪了挪，遠離了陽光。她的眼睛也瞇了起來，對陽光的嫵媚有一種不適似的。

接著她看一眼紙上的結尾，開始回想昨晚出現過的小說場景。場景倒是慢慢地浮現出來，卻是模糊不清的，比起昨晚的呈現，有一種缺胳膊少腿的感覺。她瞇了眼睛，傾盡全力想啊想啊，可愈想，那場景反愈發地變化起來，變化得讓她很不滿意，昨晚那又深入又完整的場景，彷彿再也回不來了。

她看到桌上的那抹陽光已經爬到了她的身上，沐浴在冬日的陽光裡，應該是溫暖、愜意的感覺，可她完全沒有，反而是一陣難以形容的焦慮不安。她不由得站起身來，到窗前「嘩」地將敞開的窗簾拉上了。可窗簾是一層薄薄的淺色平布，遠不是陽光的對手，屋內依然明媚。她重新坐在桌前，重新回到小說場景，卻發現是愈發地模糊不清了，彷彿那窗簾的「嘩」地一拉，將那些場景也一併遮蓋住了。她索性拿起筆來，試著寫下新段落的第一句話，根據以往的經驗，只要有了第一句話，那第二句、第三句、第四句……也就都鳥兒一般紛紛飛過來了。可是，這第一句話又豈是好來的，它有點像是一把鑰匙，能把鎖打開自是一切好說，若打不開就算是有了第二句、第三句、第四句，也不是這把鎖的第二句、第三句、第四句。小說的路徑其實說寬也寬，說窄也窄，一旦上了路，那路就可能是唯一的了，再也沒有第二條路可走了。

果然，好容易一句話到了紙上，立刻就讓她看出了拙劣，毫不猶豫地就劃掉了。又寫一句，還是不行，再次劃掉。這麼寫了劃劃了寫的，也不知過了多長時間，小說依然毫無進展。她無奈地站起身來，將窗簾又「嘩」地拉開，屋內立時又明亮了許多。她自知這樣的動作於寫作毫無意義，只不過是她焦慮的表現罷了。可是為什麼？為什麼會是這樣呢？

她想起一次在課堂上討論小說的時候，有同學曾肯定地說：「小說就像是農民種地，早出晚歸，只要付出勞動，總會有所收穫。」立刻就有同學反對說：「小說看上去是一種勞作，其實和勞作有本質的不同，它是創作，來自心靈，而勞作僅僅是一種勞動，跟心靈無關。」記得她當時更傾向後一種，但她也不否認是一種勞作，因為寫作畢竟要靠手一個字、一個字地寫在紙上，寫得手指發麻，寫得腰痠背疼，不是勞作又是什麼呢？結果她模稜兩可的發言引得兩邊都不滿意，說她這樣的，即便寫作也註定是平淡無奇，因為她缺少一種偏執，而成功的作家往往是有強烈的偏執的。她則贊同他們說的偏執，但她認為偏執是一個人的精神氣質，它和經歷以及看世界的方式有關，它會表現在作品裡而不是今天這樣的討論上。她做著發言，內心卻又響著另一種聲音：

「對於我這個人，你們又能知道多少呢？」

因此現在回想起來，她覺得公開的討論往往是難深入的，而真正的深入，不和自己聯繫起來是很難做到的。就說偏執，她這個人從小不喜熱鬧，愈人多的地方愈要躲了走，大家都做一件事情的時候她偏偏要做另一件事情；她卻又對「平等」敏感得要命，和大家疏離的同時還時刻不忘對「平等」的爭取；這平生她最不想做的事大約就是隨波逐流了，從她最親近的農村女伴們身上，從周圍大多數人身上，她不想看到的結果是太多太多了；還有愛情，多數人不是出於情欲就是出於功利，而她偏偏就要警惕兩者，雖說付出了至今單身的代價，但她從來沒後悔過……。這一切一切，是在說她是一個偏執的人呢，還是恰恰相反，是一個偏重理性的人呢？

當然，當然，重要的不是下一個結論，重要的是她這樣的人會寫出什麼樣的作品。隨波逐流一定是不要的，那就可能是逆流而動；粗製濫造也一定不要，那就可能是精細入微。而這兩樣，是早出晚歸、按部就班的勞作形式所能解決的嗎？若不能解決，為什麼就不能是顛覆性的晚出早歸呢？對，顛覆，也許顛覆才最與她的寫作對應呢！至於馮師傅說的身體與天地運行的對應，她相信也是一條真理，但這真理是屬於身體的，而絕不屬於她的寫作！身體和寫作，當然寫作於她更具魅力，因為寫作給她的東西是身體永遠沒辦法給的，比如自由，比如平等，比如夢一般的想像……

她站在窗前，欣慰著自己的所思所想，更欣慰的是，這所思所想早已被她的寫作實踐所證明，而不是她的寫作亦步亦趨地隨在這所思所想之後。

這一天，她先是看書，看著看著睏起來，便安然地睡去了。一覺醒來，已是到了中午。

午飯是和馮師傅以及兩個踢足球的男生一起吃的，她對馮師傅如實述說了她的寫作狀況和所思所想。馮師傅沉默了一會兒，忽然說道：「你是對的。」她欣喜道，真的？馮師傅說：「我一直以為我那一套是永恆不變的真理，其實不是，在你這兒就不是。」

葉建華激動得站了起來，她很想跟馮師傅擁抱一下，可看看兩個男生，還是又坐了下去。兩個男生一直插不上話，只能一會兒看看葉建華，一會兒又看看馮師傅，但對他們的話還是聽懂了，因此愈發像兩個小孩子一樣，認真地聽著，臉上已全然沒有了最初的傲驕之氣。

這天下午，馮師傅為葉建華和那男生再次做了治療，到吃晚飯時，葉建華果然就可以拿筷子了，那男生腳上的紅腫也已消去，走起路來再不一瘸一拐的了。為此兩人以粥代酒向馮師傅致謝，並說好春節都不回去，陪馮師傅在食堂包餃子、過大年。葉建華看見馮師傅的一雙眼睛亮亮的，臉上竟少有地起了紅暈，他連連地說著：「好，好，好啊。」

臨近春節的幾天裡，葉建華一直「晚出早歸」，沉浸在她的小說裡。小說寫得前所未有地順利，每每翻看寫過的篇章，她都不相信是自個兒寫的，她想，奇蹟，奇蹟啊。

到了小年這一天，小說只剩了結尾部分了，葉建華想起是幫馮師傅包餃子的日子，便放下小說，往食堂去了。

但讓她萬沒想到的是，在食堂忙碌的已經不是馮師傅，而又是那個胖胖的鄭師傅了。她立刻有點傻，問：「馮師傅哪兒去了？」鄭師傅虎了臉沒理她。好在那兩個踢足球的男生也來了，他們說：「只知馮師傅接到家裡一個電話，匆匆忙忙就回去了。」葉建華的一顆心頓時空落落的，眼睛裡不知不覺就有了淚花。兩個男生問她：「怎麼了？」她苦笑笑說：「沒事，許是想家了吧。」他們說：「沒關係，有我們呢，我們一起包餃子，一起放鞭炮，保證你就不想家了。」葉建華點著頭，看著他們稚嫩的孩子似的臉，心裡竟是愈發地空落了。

後來，又來了幾個來包餃子的同學，其中一個還帶來了錄音機，邊包餃子邊放著流行歌曲。這麼多人來幫忙，鄭師傅依然沒笑，但答錄機裡的歌曲讓他的臉多少鬆動了些。便有同學有意逗他：「鄭師傅唱首歌吧。」其他同學也都跟了起鬨：「唱吧，唱吧，唱一首吧。」鄭師傅依然不笑，但到底還是張口了。這一張口，竟把大家都驚呆了，天啊，好洪亮的嗓音，好標準的美聲唱法，簡直都趕得上專業的了！鄭師傅唱的是一首外國歌曲，葉建華聽不懂唱的什麼，就覺得這鄭師傅像換了個人，那神氣，那聲音，居然是洋派十足呢！

大家為鄭師傅鼓掌時，鄭師傅終於咧開嘴笑了一下，只一下就又閉上了。葉建華望著這張咧開了一下的嘴，忽然就想，若沒有歌聲，他怕是這輩子都不會笑的了。她不知他的生活裡有多少悲苦才讓他變成這樣，但她知道，今後無論他怎樣虎了臉不理人她都會體諒他了。

大家包餃子，吃餃子，唱啊，跳啊，放鞭炮啊，小年就這麼熱熱鬧鬧地過去了。回到宿舍，已近半夜，葉建華一點不睏，繼續坐下來寫小說的結尾部分。她原以為馮師傅的突然離開會影響她的寫作的，卻沒想到，結尾部分不僅進行得順利，還超出了她原來的構想，意外地好了許多。她驚奇著寫作的奇妙，也許還有生活的奇妙，她想。

第二天，若在家裡，是大家穿新衣服互相拜年的日子，想這學校也不會例外吧。好在她跟大家都不熟識，這拜年也就免了。真好，她又一次有了種自由感，也許還有種顛覆感。想到顛覆，她看看又要照進窗來的陽光，睏意忽然就洶湧地瀰漫了全身，她只來得及爬到自己的上鋪，衣服都沒顧得脫就睡去了。

這是第一次在家以外的地方過年，也是第一次在大年初一進入夢鄉。大年初一的夢和以往的夢也有所不同，它不再是以往的記憶，而變成了未來的場景：

大約是盛夏的季節，女生們穿了裙子，男生們則穿了襯衣、短褲，聚集在教室門前，好像是在等金校長和任課老師們的到來。等啊等啊，總也見不到，同學們便開始做自己的事情。也不知哪兒來的畢業留言本，大紅的底色，燙金的字體，每個人手上都有一本，大家你給我寫幾句，我給你寫幾句，無非是些離別贈言。有人寫著寫著，竟有眼淚掉在了本子上，洇濕了一大塊，那被寫的人看著，忽然就「哇」的一聲哭了出來。這自然是兩個女生，男生們就從容得多，他們多用調侃的語氣寫著留言，關係好些的調侃對方，關係一般的就調侃自個兒；對待女生，則是用盡讚美、奉承之詞，直將女生寫得笑顏逐開。總之，個個比平時多了善意，就連那說話最刻薄的，此刻也嘴下留情，不敢輕易造次了。

葉建華手上也拿了本畢業留言，她的本子上乾乾淨淨，還沒有一則留言。她倒也不急，只是滿心疑惑，春節還沒過完，咋就到了畢業的時候了？季節也不對，眼下冬末春初，棉襖還沒脫下，咋就穿起裙子、短褲來了？她將這疑惑不知不覺地說出來，引來了一陣哄堂大笑，同學們說：「你是看書看傻了吧，春夏秋冬都分不出了？」她說：「藍音歇寒假沒回來就是證明，還有金校長也回老家過年去了，你們等不到的。」同學們就更笑起來，一指人群中正忙著寫留言的兩個人說：「看，他們是誰？」葉建華定睛細看，不禁大吃一驚，竟真是藍音和金校長，他們一個穿了連衣裙，一個穿了短袖襯衫，對她不理不睬，只顧「刷刷刷」地寫著。對金校長不便打擾，對藍音她卻再也忍不住了，她拍一下藍音的肩膀說：「藍音你回來咋不先回宿舍啊？」藍音卻頭也不抬地說：「要拍畢業照，回宿舍幹什麼？」她說：「拍畢業照咋沒人通知我？」藍音只顧低頭寫字，沒有回答。她又朝了大家問：「拍畢業照咋沒人通知我？」大家都幹著自個兒的事，沒一個人回答她。她只好走到金校長跟前，萬般不解地問他：「畢業的事，可是真的？」金校長說：「畢業的事誰敢造假？」他仍用了開玩笑的語氣，引得同學們又是一陣哄笑。

好像任課老師們也陸續到了，大家開始在教室外面排成幾個隊列。隊列前面放了架照相機，照相機上蒙了塊鑲了流蘇的平絨紅布。葉建華注意到，金校長和任課老師們都悄悄站在了同學們中間，打破了通常老師、校長坐前排中間的慣例。而金校長由於個頭兒高，還站在了最後一排，他與一個同樣高個頭兒的男生站在一起，那男生鬍子拉碴，看上去比金校長還要老上幾歲。葉建華感動地看著，心想到底是文學班呀。不過剛才同學們的哄笑似仍響在耳邊，愈是響在耳邊葉建華的疑惑就愈大起來，她想，既然文學班可以做到自由、平等，為什麼就不能把這班永久地辦下去呢？為什麼非要這麼急火火地趕了畢業實際上是一種解散呢？

拍完畢業照，同學們便各自拎了行李箱往學校門口走去。也不知他們什麼時候收拾的行李，葉建華只知道自個兒的東西在宿舍紋絲沒動呢。她看到藍音也提了隻行李箱，就急忙上前替她拎著。兩人默默地走到學校門口，藍音忽然就眼圈一紅，向葉建華張開了雙臂。葉建華便恍然明白，藍音她原來是一直在克制著自個兒，到了分別的一刻，她到底露出了本相。兩個人擁抱在一起，都是眼淚花花的樣子。葉建華說：「我還有好多話要跟你說呢。」藍音說：「我也是。」葉建華說：「那就先別走了吧。」藍音說：「反正早晚要走的。」葉建華哽咽了想，是啊，反正早晚要走的。

就這麼抱著抱著，不知為什麼藍音就忽然不見了，其他同學也不見了，金校長和老師們更是不見了蹤影。葉建華眼前變得霧騰騰的，她睜大眼睛，不甘心地尋找著。後來，總算找到一個拎行李箱的同學，定睛細看，原來是那個老四鄭小凡。還沒說話，就見鄭小凡忽然彎下腰來，將兩隻鞋上的鞋帶「刷刷」地解了下來。葉建華驚道：「你這是幹什麼？」鄭小凡說：「鞋帶是你的，自然該還給你。」葉建華說：「你該知道我不是為了一副鞋帶。」鄭小凡說：「我也不是為了一副鞋帶。」葉建華說：「那我們就別再糾纏它了。」鄭小凡說：「不還給你怎麼證明我不是為了它呢？」葉建華說：「可你還給我我又怎麼證明不是為了它呢？」但鄭小凡的力氣很大，不由分說將鞋帶摁在葉建華手裡一閃身就不見了。葉建華一聲聲地喊著鄭小凡，卻哪裡還有她的影子。眼前只剩了一排排的樹木，成排的楊樹啊、槐樹啊、柳樹啊、梧桐啊，以及各色的果樹、冬青樹什麼的，一棵棵光光溜溜、楞頭楞腦的，就像是初涉社會的毛頭小夥，還看不到任何被損傷的痕跡，更沒有歷經滄桑的老樹一般的穩若泰山，有風吹來，腦袋搖啊搖的，身子也隨了晃啊晃的，叫人都有心想上前扶一扶它們了。葉建華近乎絕望地想，既然它們沒什麼變化，那我們為什麼就一定要變化呢？……

葉建華終於在絕望中醒來了。

她看到一切都好好的，宿舍沒有變化，季節也沒有變化，今天剛剛大年初一也是確定的。就是說，距離那個即將畢業、即將離別的夏季，還有大半年的時間。

她長長地舒了口氣，卻不知為什麼一點沒減輕夢裡的絕望。她一動不動地躺在床上，仍沉浸在那奇怪的夢境裡，讓她更奇怪的是，她傾心看重的寫作以及那新寫的自以為得意的小說在夢裡竟是提也沒提，就像沒發生過一樣……。她想起藍音那句告別的話：「反正早晚要走的。」她忽然覺得那話用於人生的告別也同樣適用，在鬧哄哄的從生走向死的人流中，她那小說還不是塵埃一粒微不足道瞬間就灰飛煙滅的事麼？

也不知過了多長時間，她終於從床上爬起來，開始洗臉，刷牙，梳頭，整理床鋪，打掃角角落落的衛生……，彷彿一切都依了一種慣性，又彷彿大年初一這日子在神祕地指使著她。然後她穿好大衣，打開房門，向學校門口的收發室走去。這是個意外的決定，一旦起意，就迫切得再無可阻擋了。那裡是唯一可以和她的親人、朋友以及一切在心裡惦念的人聯繫的地方，她要一個個地跟他們通電話，她要在電話裡聽他們真切的聲音。那些也曾讓她視若親人的書們，那篇令她珍視如同孩子一般的小說，就讓它們暫切退居身後吧。她快步如飛地走著，她知道打這樣的電話也可以叫作隨波逐流，但同時，她覺得自個兒這難以抑制的渴望又有點像個被囚禁者，那從被囚禁者的角度，是不是也可以叫作逆流而上？這交織的念頭將她嚇了一跳，但她腳下的步子仍一刻也沒停下。

甬路上沒有一個人影，不時哪裡會響起一陣清脆的鞭炮聲，此刻的她只有兩邊的楊樹為伴，她不由得靠近它們，一棵一棵地走過它們。它們的盡頭，便是和外邊世界聯繫的地方了……

二〇一七年八月初稿
二〇一七年十一月修改
二〇一八年四月終稿

刊於《當代・長篇小說選刊》二〇一八年第四期

貓空－中國當代文學典藏叢書15　PG2913

瞬間與永恆

作　　者　何玉茹
責任編輯　孟人玉
圖文排版　黃莉珊
封面設計　吳咏潔

出版策劃　釀出版
製作發行　秀威資訊科技股份有限公司
114 台北市內湖區瑞光路76巷65號1樓
電話：+886-2-2796-3638　傳真：+886-2-2796-1377
服務信箱：service@showwe.com.tw
http://www.showwe.com.tw
郵政劃撥　19563868　戶名：秀威資訊科技股份有限公司
展售門市　國家書店【松江門市】
104 台北市中山區松江路209號1樓
電話：+886-2-2518-0207　傳真：+886-2-2518-0778
網路訂購　秀威網路書店：https://store.showwe.tw
國家網路書店：https://www.govbooks.com.tw
法律顧問　毛國樑　律師
總 經 銷　聯合發行股份有限公司
231新北市新店區寶橋路235巷6弄6號4F
電話：+886-2-2917-8022　傳真：+886-2-2915-6275

出版日期　2023年9月　BOD一版
定　　價　320元

Printed in Taiwan

讀者回函卡

國家圖書館出版品預行編目

瞬間與永恆 / 何玉茹著. -- 一版. -- 臺北
市：釀出版, 2023.09
面；　公分. -- (貓空-中國當代文學典藏
叢書；15)
BOD版
ISBN 978-986-445-843-1 (平裝)

857.7　　　　　　　　　　　　112011233